INOCENCIA SENSUAL

Carol Marinelli

Editado por Harlequin Ibérica.
Una división de HarperCollins Ibérica, S.A.
Núñez de Balboa, 56
28001 Madrid

© 2018 Carol Marinelli
© 2019 Harlequin Ibérica, una división de HarperCollins Ibérica, S.A.
Inocencia sensual, n.º 2688 - 20.3.19
Título original: The Innocent's Shock Pregnancy
Publicada originalmente por Harlequin Enterprises, Ltd.

I.S.B.N.: 978-84-1307-373-6
Depósito legal: M-1144-2019
Impresión en CPI (Barcelona)
Fecha impresion para Argentina: 16.9.19
Distribuidor exclusivo para España: LOGISTA
Distribuidor para México: Distibuidora Intermex, S.A. de C.V.
Distribuidores para Argentina: Interior, DGP, S.A. Alvarado 2118.
Cap. Fed./Buenos Aires y Gran Buenos Aires, VACCARO HNOS.

Capítulo 1

MERIDA! ¡Menos mal que has venido!

Reece no podía disimular su alivio al verla entrar en la elegante galería de arte de la Quinta Avenida. Una fina lluvia primaveral la había perseguido desde la estación de metro y, como había salido de su apartamento a toda prisa, Merida Cartwright no llevaba un paraguas. Sus largos rizos pelirrojos tenían un aspecto particularmente salvaje, pero habría tiempo para atusarlos antes de que *él* llegase, pensó.

Su sonrisa era tan radiante que nadie podría imaginar que aparecer en el último momento para enseñarle la galería a un cliente especial era lo último que quería hacer esa noche.

Aunque trabajaba como ayudante en la galería, Merida era actriz tres noches a la semana y, sobre todo, de corazón. Había ido a Nueva York desde Inglaterra decidida a triunfar en Broadway y se había dado un año para hacer realidad ese sueño.

Ahora, diez meses después, el tiempo y los ahorros empezaban a evaporarse. Necesitaba el dinero, aunque al día siguiente tenía una prueba importante y habría preferido estar preparándola en su estudio.

—Ningún problema, Reece —le dijo, sin dejar de sonreír.

—Estaba a punto de cerrar cuando llamó Helene.

—¿Helene?

—La ayudante de Ethan Devereux. Es desesperante que vaya a venir a la galería y yo no pueda a estar aquí para enseñársela.

—¿A qué hora sale tu vuelo?

—A las nueve. Y si quiero llegar a tiempo, tengo que irme ahora mismo. ¿Has leído el manual que te envié sobre los amuletos?

—Claro que sí —asintió Merida mientras desabrochaba su gabardina. De hecho, había sido ella quien colocó los amuletos en las vitrinas.

—Esto tiene que salir bien. Intenté convencer a Helene para que pospusiera la visita hasta que volviese de Egipto, pero al parecer él ha insistido en venir esta misma noche. Sería una locura decirle que no a Devereux. Una mala referencia de él y nos hundiríamos.

Merida frunció el ceño.

—¿En serio? ¿Quién es ese hombre?

Reece dejó escapar una carcajada de incredulidad.

—A veces olvido que eres inglesa y no has crecido recibiendo información detallada sobre esa familia. Básicamente, los Devereux son nuestros patriarcas, cariño.

—¿Son los dueños del edificio?

—Los dueños de la mitad de la ciudad. Son la realeza de Nueva York. Jobe, el padre, y sus dos hijos, Ethan y Abe. Y todos son unos canallas. Pobre Elizabeth...

—¿Quién?

—Elizabeth Devereux, la difunta mujer de Jobe. Bueno, la segunda mujer y madre de sus hijos. Era un ángel y durante un tiempo casi fueron una familia feliz —Reece miró hacia la puerta, como para comprobar que no había entrado nadie—. Al parecer, descubrió que Jobe tenía una aventura con la niñera.

–¿Y rompieron?

–Ella se fue al Caribe y murió en un accidente haciendo esquí acuático. Desde entonces, los Devereux han ido de un escándalo a otro. No te dejes engañar por el atractivo de Ethan, ese hombre te aplastaría en la palma de su mano.

Merida hizo una mueca. Ella no iba a dejarse engatusar por ningún hombre, por atractivo que fuese.

–El champán está metido en hielo –siguió Reece–. Ábrelo en cuanto veas el coche. Han traído canapés de Barnaby's...

–¿Cuántos invitados trae?

–No estoy segura. Seguramente vendrá con su última amante, así que lo he preparado todo para dos personas. He mirado en internet para averiguar quién podría ser, pero me he perdido en un cenagal de conquistas, así que tendremos que improvisar. Gemma te ha traído uno de sus vestidos, está en el almacén.

–¿Perdona?

Merida no sabía si había oído bien. Reece nunca le había dicho lo que debía ponerse.

–Es un sencillo vestido negro. Ah, y también te va a prestar un collar de perlas.

–¿Lo que llevo puesto no es adecuado?

Merida llevaba un jersey negro y una preciosa falda de cuadros escoceses. Tal vez era un poquito corta, pero la llevaba con leotardos negros y botas de ante. Todo iba bien con su tono de piel y era su atuendo favorito, el que solía reservar para las pruebas. Pero, dada la importancia del invitado, había hecho un esfuerzo especial esa noche.

–Estás guapísima, como siempre –dijo Reece–. Pero, aunque en general no me importa pasar por alto tus excentricidades, con Ethan Devereux...

–¿Excentricidades?

Reece cambió de tema inmediatamente.

–Mira, te agradezco muchísimo que hayas venido a última hora –le dijo mientras tomaba su maleta–. Estoy segura de que algún hombre me odia por haberte hecho trabajar esta noche.

Merida forzó una sonrisa. Había decidido tiempo atrás que no hablaría de su vida amorosa con Reece. O, más bien, de su falta de vida amorosa.

–¿Te importaría actualizar la página web cuando Ethan se marche? Clint no ha tenido tiempo de hacerlo.

–Muy bien.

Por fin, Reece salió de la galería y, con quince minutos para preparar la llegada del VIP, Merida se dirigió al almacén.

Al contrario que la galería, que era un enorme espacio abierto pintado en tonos suaves, el almacén era un antro pintado de color marrón y abarrotado de cajas. Allí, en el diminuto cuarto de empleados, envuelto en plástico y colgando de la puerta, había un vestido negro. Y, sobre él, una bolsita que contenía un collar de una sola hilera de perlas.

Gemma también había dejado un par de zapatos negros de tacón de aguja y Merida apretó los dientes. Al parecer, ni siquiera se atrevían a dejar que ella eligiese el calzado. Reece a veces podía ser maliciosa, pero ella necesitaba el trabajo y no podía protestar.

De modo que se puso el vestido negro, con la espalda al aire. Gemma no había tomado en consideración que podría no llevar un sujetador apropiado y no tuvo más remedio que quitárselo, aunque por suerte no estaba particularmente bien dotada en ese aspecto.

Su maquillaje era el de siempre, un poco de máscara de pestañas para destacar el verde de sus ojos y un toque de colorete para animar su pálida piel. Llevaba en el bolso una barra de carmín de color coral y, después de pintarse los labios, dio un paso atrás para mirarse al espejo.

Vestida de negro tenía un aspecto más bien severo, pero su pelo rojo llamaba siempre la atención.

Le haría falta una semana para hacerse un peinado sofisticado, de modo que se lo atusó un poco y luego se hizo una coleta baja. Con eso tendría que ser suficiente.

Salió del almacén y bajó a la sala de los amuletos para comprobar que todo estaba en orden. Las paredes que llevaban a la asombrosa exhibición estaban revestidas de un terciopelo de color violeta oscuro y daba la impresión de entrar en otro mundo.

Por supuesto, Reece se había encargado de que todo estuviese impecable para la visita del señor Devereux, pero Merida quería comprobarlo por sí misma.

Unos minutos después, contenta al ver que todo estaba en orden, volvió a la planta principal y se sentó en un taburete tras el mostrador, intentando olvidar su indignación por las palabras de Reece.

¡Excentricidades!

Aunque actuar era su verdadera pasión, ella trabajaba mucho en la galería. Mucho más que el director, Clint, que solo pensaba en las comisiones y que, al parecer, esa noche tenía cosas más importantes que hacer.

Seguía enfadada cuando un lujoso coche negro se detuvo en la puerta de la galería. Merida saltó del taburete y abrió la botella de champán.

Y luego levantó la mirada.

Lo primero que vio fue un zapato de piel hecho a

mano y un pantalón oscuro. Cuando bajó del coche se detuvo un momento para hablar con el chófer, de modo que solo vio un elegante traje de chaqueta. Desde luego, el señor Devereux parecía el propietario de la calle.

Merida abrió la botella de champán con tan mala suerte que algo del líquido se derramó en la bandeja. Aunque debería haber limpiado el desastre, eligió ese momento para mirar al hombre mientras tenía oportunidad.

No había mucho color en la paleta del artista cuando hizo aquella obra maestra. Su piel era pálida, su pelo negro como el azabache. Pura elegancia masculina. Era tan apuesto que se quedó un poco aturdida, y eso era muy raro en ella.

Siempre había hombres guapos y elegantes en la galería. Y, a veces, también ricos y famosos. Él, sin embargo, era más que eso, pero no era momento de examinar sus pensamientos... o más bien los sentimientos que aquel hombre despertaba en ella.

Secó la bandeja con una servilleta y sirvió dos copas de champan, esperando que alguna belleza saliera del coche.

Pero él entró solo en la galería.

Aunque le habían advertido sobre su atractivo, nada podría haberla preparado para su reacción. Merida descubrió que estaba clavándose las uñas en las palmas de las manos. Sorprendida, abrió las manos y se las pasó por el vestido, alegrándose de tener unos segundos para calmarse. Pero cuando la puerta se abrió y él entró en la galería fue como recibir un golpe que la dejó tambaleante.

La miraba directamente a los ojos. No miraba su cuerpo, por supuesto. Era demasiado sofisticado como para eso y, sin embargo, sintió un cosquilleo en la piel como si lo hubiera hecho.

–Señor Devereux... –Merida se aclaró la garganta, intentando usar su entrenamiento como actriz para no ponerse colorada mientras le ofrecía su mano–. Encantada de conocerlo. Soy Merida Cartwright.

–Merida –repitió él, con una voz ronca y profunda–. Ethan –se presentó, mientras estrechaba su mano.

El roce había sido breve, pero su firme apretón provocó una descarga eléctrica y la sensación se intensificó después del contacto. Merida tuvo que contenerse para no mirar si tenía una marca en los dedos mientras seguían las presentaciones.

–Soy la ayudante de la galería...

–¿Ayudante? –la interrumpió él abruptamente. Y, por su tono, estaba claro que había esperado algo más.

–Así es –Merida tragó saliva–. A Reece le habría encantado estar aquí para enseñarte la galería, pero ha tenido que irse a Egipto.

Ethan Devereux no estaba nada impresionado. Aunque Helene había llamado a última hora, esperaba que lo atendiese el director de la galería y no le gustaba nada ser recibido por una simple ayudante.

El jeque Khalid de Al-Zahan, el propietario de los amuletos, era un amigo personal. Se habían conocido en la universidad de Columbia y eran amigos desde entonces. Durante la cena la noche anterior, en Al-Zahan, Khalid le había dicho que le preocupaba que la galería a la que había prestado la colección real de amuletos no estuviese a la altura. Según sus fuentes, los empleados estaban mal informados, las visitas eran algo apresuradas y los clientes eran empujados hacia los artículos con potencial para conseguir mayores comisiones.

Khalid le había pedido que comprobase todo eso discretamente y Ethan le había recordado que, en Nueva York, él no podía hacer nada «discretamente», pero había aceptado acudir a la galería y que fuese recibido por una simple ayudante no auguraba nada bueno.

Que la ayudante fuese bellísima no cambiaba nada.

—Antes de empezar la visita, ¿te apetece tomar una copa?

—No, será mejor que empecemos cuanto antes.

Era brusco, inquieto e impaciente, pensó Merida. Y tampoco prestó ninguna atención a los canapés. Ethan Devereux no parecía interesado en el champán, los blinis con caviar o las suculentas fresas recubiertas de chocolate.

—Como he dicho, Reece se dirige hacia Egipto ahora mismo. Allí se encontrará con Aziza —le explicó mientras se dirigían a la primera vitrina—. Ella es la diseñadora de estas preciosas casas de muñecas.

«Casas de muñecas», pensó Ethan haciendo una mueca.

Al saber que su padre iba a ser operado al día siguiente, Ethan había volado de Al-Zahan a Dubái y luego a Nueva York. Viajaba en un cómodo avión privado, pero estaba cansado y no le apetecía mirar casas de muñecas, aunque las paredes estuvieran recubiertas con jeroglíficos dorados.

Tal vez debería tomar una copa de champán, pero eso solo serviría para prolongar la visita y el *jet lag* empezaba a hacer efecto. Solo quería ver los amuletos, pero para comprobar cómo funcionaba la galería dejó que ella siguiese parloteando.

Bueno, no estaba parloteando. De hecho, su voz era muy agradable, ronca y con acento británico. Esa voz ronca y sensual casi hacía que el tema fuese soportable.

—Estas casas de muñecas empezaron a hacerse con propósitos religiosos. La intención no era que se usaran como juguetes —estaba explicando—. Desde luego, no están hechas para jugar a las mamás y los papás.

Aunque él escuchaba en silencio, Merida se dio cuenta de que estaba aburrido, de modo que lo llevó a la zona de las alfombra de seda. Hechas, le explicó, por artesanos beduinos.

—Ubaid, que supervisa cada pieza, es un fiero protector del oficio.

Le habló de los tintes naturales, de los intricados patrones y de las interminables horas de trabajo que hacían falta para crear esa obra maestras, pero Ethan la interrumpió.

—Sigamos.

No era el primer cliente desdeñoso o aburrido que Merida había visto en la galería. A menudo la gente iba a esas visitas privadas por obligación, enviados por sus empresas o como acompañantes. Y luego estaba el tipo que, sencillamente, tenía que ser visto en cualquier evento.

Pero él iba solo y había sido *él* quien había insistido en la visita privada.

Merida siguió adelante, pero la impaciencia de Ethan era palpable, tanto que bostezó mientras le mostraba un anillo.

—Perdona —se disculpó luego.

Sabía que estaba siendo grosero, pero de verdad estaba agotado y no tenía el menor interés en la exposición.

La ayudante de la galería, sin embargo, era preciosa.

Poseía algo único, algo que lo intrigaba y, a pesar de su aparente calma, no estaba tan segura de sí misma como parecía. Sus ojos eran de color verde musgo, aunque parecía decidida a apartar la mirada. Era esbelta, con un rostro espolvoreado de pálidas pecas.

En cuanto a su pelo, tenía el color de dos de sus cosas favoritas, el ámbar y el coñac, e intentó imaginarlo liberado de la coleta.

—Y ahora vamos a mi vitrina favorita.

Merida esbozó una enigmática sonrisa. Ethan solía descifrar a las mujeres excepcionalmente bien y, sin embargo, no era capaz de descifrarla a ella.

—¿Y se trata de...?

—Los amuletos de Al-Zahan. Somos muy afortunados de que nos los hayan prestado.

—¿Durante cuánto tiempo?

—Los tendremos tres meses más, aunque esperamos que el plazo se amplíe —respondió ella—. Por aquí, por favor.

Merida pulsó el interruptor que encendía las luces de las vitrinas y señaló la escalera.

—Después de ti —dijo Ethan.

Era una simple cuestión de buenas maneras, pero Merida deseó que él bajase por delante.

El simple paseo que había hecho tantas veces de repente le parecía una tarea imposible. Las paredes forradas de terciopelo estaban demasiado cerca, las luces eran demasiado tenues y casi podía notar el calor de su cuerpo mientras bajaba tras ella.

La sensual oscuridad de esa zona de la galería estaba diseñada para crear un efecto en los clientes, por supuesto, pero esa noche era ella quien se sentía afectada.

Merida se había encargado personalmente de fijar el terciopelo en las paredes. El objetivo era crear una especie de portal, la sensación de ser transportado en el tiempo, pero nunca había imaginado que descendería las escaleras con un hombre como Ethan Devereux.

Caminaba con más cuidado del habitual y no tanto por temor a resbalar como porque si resbalaba sería él quien tuviera que sujetarla.

Ningún hombre le había afectado de ese modo. Había aceptado más de un beso esperando sentir un apasionado deseo... pero el deseo nunca había hecho aparición y su experiencia se limitaba a algunos besos.

Estaba convencida de que esa apatía era culpa suya, que le faltaba algo, o que el divorcio de sus padres la había hecho demasiado desconfiada como para bajar la guardia.

Podía fingir para el público. Sobre el escenario podía ser una mujer sensual. Y, de hecho, estaba interpretando en ese momento, fingiendo que lo tenía todo controlado y que él no la afectaba.

Cuando volviese al escenario ese fin de semana se inspiraría en lo que había sentido al estar cerca de Ethan.

Pero en el mundo real, todos esos sentimientos eran nuevos para Merida.

Capítulo 2

A MERIDA le faltaba el aliento cuando entraron en el espacio en penumbra. A pesar del centelleo de las joyas no había ventanas para orientarse y el sutil aroma a bergamota y madera de la colonia de Ethan Devereux parecía envolverla cuando se acercó para mirar la primera vitrina.

Merida se aclaró la garganta.

—Estos son los amuletos de Al-Zahan.

Ethan había esperado joyas fabulosas o antiguas figuras talladas, pero era una colección de gemas incrustadas en piedras, aún en su forma original. Y, en lugar de aburrirse, rara vez se había sentido tan fascinado como cuando Merida empezó a contarle su historia.

—Esta colección era una pasión de la difunta reina Dalila de Al-Zahan. Hasta el día de su muerte, hace veinte años, seguía buscando tesoros olvidados.

—¿Cómo murió? —le preguntó Ethan.

—Durante un parto. Creo que era su cuarto hijo, pero puedo comprobarlo.

—No es necesario.

Merida no estaba tan segura. Sentía como si estuviese poniéndola a prueba.

—El día de su matrimonio recibió como regalo este amuleto...

En la primera vitrina había un intricado nudo de esmeraldas y mineral de cobre. Perfectamente iluminado, giraba lentamente sobre su eje y Ethan lo miró durante un rato.

–Los matrimonios eran, y siguen siendo, acordados en Al-Zahan –siguió Merida–. Los amuletos celebran el futuro amor y propician la fertilidad. Dicen que son un regalo lleno de posibilidades que aún no han sido cumplidas.

Él parecía algo más interesado, pensó Merida mientras seguían adelante.

–Este amuleto es de lapislázuli, el color usado en el cuadro *Noche Estrellada* de Van Gogh. Cuando la entonces princesa estaba estudiando aquí, en Estados Unidos, vio el cuadro en un museo y dicen que fue el recuerdo del cuadro lo que la hizo emprender la misión de encontrar los amuletos perdidos.

–¿Y encontró muchos?

–En el momento de su muerte había conseguido reunir una gran colección.

–¿Y estudió aquí? –preguntó Ethan, más que interesado.

–En la universidad de Columbia.

Era la universidad en la que Khalid y él se habían conocido y le sorprendió descubrirlo a través de una extraña. Claro que su amigo siempre había sido enigmático.

–La princesa Dalila volvió a Al-Zahan para casarse, pero su cariño por Nueva York es la razón por la que su hijo, el jeque Khalid, aceptó que los amuletos fueran expuestos aquí.

Ethan siguió adelante, pero ya no estaba aburrido y se quedó mirando un rubí incrustado en mármol en la siguiente vitrina.

–Este es uno de mis favoritos –dijo Merida, poniéndose unos guantes negros y ofreciéndole otro par mientras le contaba la historia–. Hace trescientos años hubo una boda secreta en Al-Zahan –le explicó en voz baja, como si estuviera compartiendo un secreto–. Debido a la disputa entre las dos familias no se entregó ningún amuleto. Por fin firmaron la paz, pero dos años después, cuando ella no quedó embarazada, decidieron que esa era la razón. El rey, desesperado por perpetuar su linaje, pidió que se excavara para encontrar las mejores gemas. Tardaron tres años hasta que encontraron lo que a él le pareció una ofrenda adecuada.

–Es una historia asombrosa –dijo Ethan. Y también lo era la voz que la había narrado.

Ella le ofreció la piedra en forma de huevo y él la sostuvo entre el pulgar y el índice para examinarla de cerca.

–Cuidado –le advirtió Merida–. Asegura la fertilidad.

–Para una gallina quizá –bromeó Ethan.

Ella esbozó una sonrisa. El brillo de sus ojos era tan cautivador como el amuleto y hubo un momento perfecto en aquel día horrible.

Horrible porque debería estar en Dubái, relajándose por fin, pero en lugar de eso tendría que ir al hospital, donde su padre iba a ser operado al día siguiente.

No sabía nada más. En una hora averiguaría lo que pudiese, pero por el momento olvidaría sus problemas. Por el momento, se concentraría en la sensual voz de Merida y en la historia de la hermosa piedra que propiciaba el amor y la fertilidad, dos cosas en las que él no estaba interesado.

–¿Y funcionó? –le preguntó mientras le devolvía el amuleto.

Merida asintió con la cabeza.

–La princesa tuvo mellizos.

La visita siguió hasta su conclusión y Ethan la observó mientras cerraba las vitrinas.

–Estos amuletos son preciosos. Aunque, por supuesto, todo es un cuento de hadas.

–Yo no estoy tan segura. Todos los matrimonios vinculados a estos amuletos fueron matrimonios felices.

–La reina murió durante el parto –señaló Ethan.

–No prometen la vida eterna –dijo Merida–. Pero yo sigo pensando que hay algo mágico en ellos.

–Bueno, sobre eso no vamos a ponernos de acuerdo.

Ethan no creía en el amor, sencillamente. ¿Pero en el deseo? Desde luego que sí.

Sentía la tentación de decirle que él era amigo de Khalid y que el jeque tenía un hermano mellizo para hablar un rato más con ella.

–¿Desde cuándo trabajas en la galería? –le preguntó mientras subían a la primera planta.

–Casi un año, pero es un trabajo a tiempo parcial.

–Entonces es más una afición, ¿no?

–No, en realidad no –respondió ella, sin añadir nada más.

Ethan Devereux estaba allí para visitar la galería, no para conocer la historia de su vida.

Una vez arriba volvió a ofrecerle el champán y los canapés y, de nuevo, él los rechazó.

–¿Quieres otra cosa? –inquirió, como hacía siempre. Y, sin embargo, aquel día le parecía diferente. El aire sensual, seductor, que rodeaba la vitrina de amuletos parecía envolverlos y contuvo el aliento mientras esperaba su respuesta.

—Solo una —dijo Ethan.

«Cenar juntos».

No lo dijo en voz alta, pero la vio parpadear rápidamente y pensó que lo había entendido. Sabía cuál sería la respuesta porque para él siempre era afirmativa. Sin embargo, vaciló y no sabía por qué. No era porque tuviese que ir al hospital. Podría ofrecerse a recogerla en una hora.

Pero no lo hizo.

En lugar de eso, se recordó a sí mismo que estaba allí por Khalid.

—Si encargase una de esas alfombras, ¿cuánto tiempo tardarían en hacerla?

—Depende del tamaño.

—Una como esa.

Merida debería estar dando saltos de alegría. La comisión por una de aquellas alfombras sería un dineral y debería estar encandilándolo con los detalles. Sin embargo, en lo único en que podía pensar era en la cena.

En la cena que él no había mencionado.

Recordó entonces la advertencia de Reece, pero le daba igual porque, de repente, quería estar con aquel hombre más de lo que había querido nada en toda su vida.

Salvo Broadway, con lo que había soñado desde siempre.

Ethan Devereux acababa de convertirse en lo segundo más importante.

Merida intentó ordenar sus pensamientos para responder a la pregunta.

—Yo creo que unos dieciocho meses.

—¿Y si la quisiera antes?

—Si se concentrasen en una sola pieza, tal vez un año...

—¿Y si la quisiera antes de un año? —insistió él.

—Me temo que se tarda mucho tiempo en hacer estas alfombras. Hace falta paciencia.

Reece nunca le perdonaría que no hubiese prometido una cantidad ilimitada de artesanos para complacer a aquel hombre, pero no hablaban de alfombras. Estaba completamente segura.

Y él también.

—No tengo paciencia —dijo Ethan con cierta brusquedad. Ahora sabía por qué no la había invitado a cenar.

Porque solo sería una cena. Y luego otra cena. No, él no tenía paciencia para eso, de modo que, en lugar de insistir, decidió despedirse.

—En fin, gracias por la visita. Ha sido muy interesante.

Inesperadamente interesante.

Merida lo acompañó a la puerta y sonrió mientras estrechaba su mano. Podía sentir sus dedos, largos y fuertes, cerrándose sobre los suyos y respiró por la boca, en lugar de por la nariz, porque el aroma masculino hacía que quisiera acercarse un poco más.

—Encantada de conocerte, Ethan —le dijo, conteniéndose para no ponerse de puntillas y darle un beso.

¿Qué le pasaba?

—Lo mismo digo.

—Gracias por venir —agregó, cuando lo que quería era gritar: «vete, vete, vete».

Él no volvió a darle las gracias. Y tampoco le dio las buenas noches. Sencillamente, se marchó.

Dejando una vorágine dentro de ella.

Vio al chófer abrirle la puerta del coche y, mientras desaparecía en el interior, Merida respiró de nuevo.

El diablo había salido del edificio.

Capítulo 3

EL CONDUCTOR lo llevó a la puerta trasera del hospital para que nadie lo viese entrar. Nadie debía conocer la noticia.

Al día siguiente, Jobe Devereux iba a sufrir una operación sin gran importancia, pero eso podría ser suficiente para asustar a los accionistas.

Su ayudante, Helene, le había indicado cómo llegar a la habitación y tomó el ascensor del ala privada del hospital.

Jobe Devereux podría estar en su despacho, pensó cuando entró en la habitación. Abe estaba allí y también Maurice, el director de Relaciones Publicas.

–¡Ethan! –exclamó su padre, sentado en un sillón de piel–. ¿Qué puedo hacer por ti?

¿Qué podía hacer por él?

No era una bienvenida, y tampoco una invitación para sentarse. Su relación siempre había sido tensa, tal vez porque se parecían mucho y no solo físicamente.

–He venido a verte –respondió Ethan–. Y para ver si necesitabas algo.

–No es nada. El lunes estaré de vuelta en la oficina.

–¿Qué tal en Dubái? –le preguntó Abe–. ¿Has visto el emplazamiento del hotel?

–Sí, pero estaba pensando... –Ethan no terminó la

frase. Estaba más interesado en el potencial de Al-Zahan, pero decidió que no era el momento para hablar de ello–. Helene está redactando un informe.

–Muy bien –asintió su hermano–. Maurice y yo nos vamos a cenar, ¿vienes?

–No, gracias. Ya he cenado.

En realidad, solo había comido algo en el avión horas antes, pero no estaba de humor para hablar de negocios.

Cuando se quedó a solas con su padre se sintió incómodo. Aunque podía parecer un elegante despacho o una habitación de hotel, el equipamiento médico y el olor a antiséptico en el aire dejaban claro que era un hospital.

–¿Dónde está Chantelle?

Ethan no solía preguntar por las amantes de su padre, pero cinco minutos después de llegar ya no tenían nada que contarse.

–Hemos roto.

–¿Cuándo?

–¿Te pregunto yo por tu vida amorosa? –replicó Jobe.

–No, porque no la tengo –respondió Ethan.

Tenía una vida sexual y estaba decidido a que siguiera siendo así porque había visto el daño que causaban las relaciones sentimentales. La historia marital de su padre podría compararse con la de Enrique VIII. Bueno, sin las decapitaciones y con el hecho añadido de que ninguno de los matrimonios de Jobe había sobrevivido.

Pero había habido muchos divorcios. Y su madre había muerto.

Ethan nunca lo perdonaría por eso. No por su muerte sino por las circunstancias de su muerte.

Tenía cinco años cuando su madre murió, once cuando por fin decidió descubrir si los rumores sobre la aventura de su padre eran ciertos. Los periódicos de entonces hablaban de una gran discusión y decían que Elizabeth Devereux había salido de casa llorando en dirección al aeropuerto.

Ethan había mirado innumerables fotografías de la familia feliz que habían sido una vez y se había enfrentado con su padre.

—Lo tenías todo y te lo has cargado. Por eso se marchó Meghan —le espetó, antes de salir del estudio dando un portazo.

—¡Ethan, vuelve aquí!

—¡Vete al infierno! —gritó él, quitando una de las fotografías familiares que colgaban en la pared para tirársela a la cara—. Te odio por lo que has hecho.

Nunca volvieron a hablar del asunto. La fotografía había vuelto a adornar la pared y hasta aquel día seguía allí. Y ellos seguían sin hablar de ningún tema personal.

Pero ahora, dado que su padre iba a ser operado, Ethan lo intentó.

—Bueno, ¿qué va a pasar mañana?

Quería algún dato concreto, pero Jobe se negaba a dárselo.

—Solo es una operación sin importancia —respondió, encogiéndose de hombros—. Una exploración.

—¿Y no pueden hacerte un escáner o algo menos invasivo?

—¿Ahora eres un experto en Medicina?

—Solo digo que no entiendo por qué tienen que operarte si es algo sin importancia.

—De eso es de lo que nos vamos a enterar. Me llevarán al quirófano a las ocho de la mañana y estaré de vuelta aquí a las nueve. Yo quería quedarme en casa, pero el doctor Jacobs insistió en ingresarme esta noche.

—Porque si te hubieras quedado en casa te habrías saltado sus instrucciones de cenar algo ligero y no tomar alcohol.

—Cierto —admitió su padre—. Mira, si quieres hacer algo por mí puedes acudir a la gala de los Carmody.

La gala de los Carmody era un evento anual en el calendario de su padre desde siempre y que le pidiese que ocupara su sitio hizo que sintiera un escalofrío de aprensión, pero intentó disimular.

—Muy bien, de acuerdo.

—Tendrás que llevar una acompañante —dijo Jobe.

—No creo que eso sea un problema —respondió Ethan—. Vendré a verte mañana.

—No, no lo hagas. La maldita prensa se huele algo, estoy seguro.

—¿Qué se huele?

Unos ojos negros idénticos a los suyos se clavaron en él durante un segundo, pero Jobe no estaba dispuesto a abrirle su corazón a nadie.

—Haced vuestra vida normal. Le he pedido al cirujano que llame a alguno de mis chicos cuando salga del quirófano.

«Chicos».

Su padre seguía refiriéndose a Abe y a él como «chicos» cuando tenían treinta y treinta y cuatro años respectivamente. Pero no había afecto en ese término. De hecho, todo lo contrario.

Cuando salió de la habitación, Ethan giró a la derecha sin saber bien dónde iba...

Y se detuvo de golpe.

Porque había estado allí antes.

Miró hacia el final del pasillo y casi podía verse a sí mismo, un niño de cinco años con el uniforme del colegio, acompañado por Abe y por su niñera para visitar a su madre.

Para despedirse de ella.

Subió al ascensor intentando apartar de sí ese recuerdo, pero cuando salió al vestíbulo volvió a recordar. La prensa estaba esperando en la puerta, pero sus instrucciones aquel día eran distintas a las habituales: «no saludéis, no sonriáis. Mostraos tristes».

¿Quién les había dicho eso?, se preguntó mientras salía del hospital. ¿Quién demonios les había dicho cómo actuar, cómo reaccionar, el día que su madre murió?

Pero enseguida tuvo la respuesta: la nueva niñera.

Su chófer estaba esperando en la puerta, pero Ethan le hizo un gesto con la mano. Quería dar un paseo para librarse del olor del hospital.

De repente, veinticinco años después, estaba reviviendo la angustia que había sentido entonces.

El dolor y el sentimiento de culpa.

Porque no había echado de menos a su madre como pensaba todo el mundo.

Meghan.

Era a su niñera, Meghan, a quien echaba de menos.

La página web de la galería era una constante espina en el costado de Merida.

Clint debería haberla actualizado antes de irse a la feria de arte, pero no lo había hecho y, con Reece de viaje, Merida era la encargada de actualizar los horarios. No iría a la galería al día siguiente porque tenía una prueba para una serie de televisión y estaba increíblemente nerviosa. Tenía que conseguir ese papel. Aunque el teatro era su pasión, necesitaba créditos y, además, le encantaba la serie. Sería un gran empujón para su carrera y a saber qué puertas podría abrirle.

De modo que actualizó el horario de apertura y cierre y luego, en lugar de apagar el ordenador, no pudo resistir la tentación de buscar información sobre Ethan.

Dios, qué guapo era.

Esos ojos negros, ligeramente velados, taciturnos. No sonreía en ninguna foto, como si se negase a hacerlo.

Como se había negado a sonreírle a ella.

Merida se tomó la copa de champán, los blinis con caviar y las fresas recubiertas de chocolate que Ethan no había probado mientras se informaba sobre el hombre que tanto la intrigaba.

Reece había dicho la verdad, su fama de mujeriego estaba bien documentada. También el de su hermano mayor, Abe, aunque él parecía haber sentado la cabeza. En cuanto a su padre...

Al parecer, todos los Devereux tenían multitud de amantes a las que descartaban con gran facilidad.

Merida abrió uno de los artículos más recientes: *Hace veinticinco años.*

Había una fotografía de los Devereux con traje oscuro y corbata en lo que parecía un funeral. Merida leyó que, un cuarto de siglo antes, su madre había sufrido un accidente en el Caribe. La habían llevado a Nueva York, pero había muerto dos días después. Y hubo rumores y acusaciones contra su marido.

Merida volvió a llenar su copa mientras descubría que Jobe Devereux había tenido una aventura amorosa con la niñera, y que esa era la razón por la que Elizabeth se había ido al Caribe.

Enarcó una ceja mientras leía los jugosos cotilleos. Si había encontrado a su marido con la niñera debería haberlo echado de casa en lugar de irse ella.

Había fotografías de los dos hijos de Devereux, acompañados de su niñera, llegando al hospital para despedirse.

Qué horrible, pensó Merida. Tan concentrada estaba en la lectura que apenas levantó la cabeza cuando se abrió la puerta de la galería.

—Está cerrado —anunció.

Y luego giró la cabeza y se quería morir. Porque había pocas cosas más bochornosas que encontrarte con el objeto de tu deseo al mismo tiempo que estabas leyendo sobre él en el ordenador.

Había un botón de alarma bajo el mostrador y Merida sintió la tentación de pulsarlo. No porque se sintiese amenazada sino porque todas las células de su cuerpo se habían puesto en alerta.

—Hola —lo saludó, moviendo el ratón de forma frenética, y probablemente deshaciendo todos los cambios que había hecho en la página, para borrarlo de la pantalla—. ¿Has olvidado algo?

—Tú sabes que sí.

Merida tragó saliva, pensando que debería haber mirado alrededor para buscar unas llaves o cualquier cosa que pudiese obligarlo a volver, pero en el fondo sabía lo que estaba a punto de preguntar.

Y él no la decepcionó.

—¿Cenamos juntos?

Había muchas razones por las que debería rechazar la invitación. Estaba advertida sobre su reputación y no solo por la prensa, sino por Reece. Y el vello que se había puesto de punta en sus brazos debería ser otra razón para declinar la oferta.

Sin embargo, ese escalofrío no era solo de nervios. Él la hacía consciente de su cuerpo. Sin decir una palabra, Ethan Devereux le recordaba que no llevaba sujetador porque, de repente, sus pechos parecían hinchados y pesados. Ethan Devereux, sin decir una palabra, hacía que desease soltarse el pelo y decir que sí. A todo.

—Antes tengo que cerrar.

—Sí, claro.

Merida sintió que se le doblaban las piernas mientras bajaba del taburete. Todo lo que hacía le parecía nuevo y poco familiar. Desde respirar a caminar.

—Tengo que cambiarme de ropa.

—Muy bien.

En la sala de empleados, Merida se preguntó si a Gemma le importaría que se llevase el vestido y el collar de perlas a la cena. En fin, cualquier mujer lo entendería, ¿no?

Nerviosa, se atusó la coleta y volvió a pintarse los labios. Guardó la falda, el jersey y las botas en una bolsa y se puso la gabardina. Cuando salió, él estaba mirando su móvil.

—Tengo que cerrar.

—Muy bien. Te espero fuera —murmuró Ethan, sin dejar de mirar el móvil.

Merida apagó el ordenador y las luces, activó el código de la alarma y echó el cierre con diligencia. Cuando la galería estuvo segura, salió a la calle... y allí estaba.

Se quedó mirando al hombre más apuesto que había visto en toda su vida, apoyado en la pared de la más hermosa calle de Nueva York, deseando tener un código para proteger su corazón.

Ethan se apartó de la pared para acercarse a ella,

los largos faldones de su abrigo aleteando con el viento.

–Hay algo más que había olvidado –le dijo.

–¿Qué?

Merida tardó un segundo en entender a qué se refería. No solo estaba invitándola a cenar. Ethan había olvidado darle un beso.

Bajo un cielo que parecía pintado de un tono rosa oscuro, era el marco perfecto para una fotografía y Merida querría capturar la luz del atardecer, el amarillo de los taxis, cómo era el mundo un segundo antes de que la besara. Porque iba a besarla y ese momento quedaría sellado en su memoria para siempre.

Ethan tomó su cara entre las manos, mirándola fijamente. En sus ojos negros había una profundidad, una complejidad que la emocionó.

Era perfecto.

Y también lo fue el beso.

Sus labios eran firmes, pero con trazas de ternura. Quería mantener los ojos abiertos para capturar cada segundo, pero no pudo hacerlo porque el beso era tan exquisito que sus ojos se cerraron por voluntad propia para disfrutar de ese momento mágico.

Ethan tiró de ella y Merida se sintió envuelta en el calor de sus brazos. Se sentía mareada, pero segura a su lado, sus sentidos inflamados por el sutil aroma de la colonia masculina.

Le devolvió el beso con el ardor que había faltado en todos los demás besos y luego, cruel pero necesariamente, antes de que la caricia se volviese indecente, Ethan se apartó.

Su cita había empezado con un beso.

Capítulo 4

BUENAS noches, señor Devereux –lo saludó el portero–. Buenas noches, señorita.

Estaban en el suntuoso vestíbulo de un lujoso hotel que alojaba uno de los mejores restaurantes de Nueva York. Ethan era recibido en todas partes por su nombre y, claramente, ese nombre no exigía una reserva previa.

Alguien se llevó su gabardina y su bolsa y el maître los acompañó a su mesa.

El restaurante era fabuloso, con la elegancia del viejo Nueva York, música suave y una pista de baile. A pesar de los candelabros y la enorme lámpara de araña que brillaba sobre la pista, la iluminación era lo bastante tenue como para sentirse envueltos en un capullo de intimidad.

Merida intentó respirar mientras el maître servía dos copas de champán, intentando creer que estaba en un escenario porque era más fácil que la realidad de estar sentada en aquel sitio, frente a Ethan Devereux.

Lo primero que hizo él fue apagar el móvil y ese pequeño gesto le dijo que no serían interrumpidos.

–Bueno, aquí estamos –dijo luego, levantando su copa–. Me alegro de estar aquí otra vez.

–¿Otra vez? ¿Vienes mucho por aquí?

–Me refería a Nueva York. Llevo varias semanas fuera.

–¿De vacaciones?

–No, trabajando –respondió Ethan. Siempre estaba trabajando.

La comida era deliciosa, pero no fueron los canapés lo que mató su apetito sino la abrumadora presencia masculina.

Merida pidió ravioli con mantequilla y salvia y Ethan un bistec. El camarero no le preguntó cómo lo quería porque ya debía saberlo.

–Así que llevas casi un año en la galería –comentó él entonces.

–Diez meses –dijo Merida–. Pero solo trabajo a tiempo parcial. En realidad, soy actriz.

Ethan la miró guiñando un poco los ojos. Había salido con muchas actrices y, en general, no se fiaba de ellas porque la mayoría solo querían engancharse a él para aprovechar sus quince minutos de fama cuando todo terminase.

Como ocurría de forma inevitable.

–Es lo que siempre he querido ser –admitió Merida–. En casa no estaba consiguiendo nada, así que decidí probar suerte en Nueva York.

–¿Tu casa está en Inglaterra?

–Sí, en Londres. Aunque, como dice mi padre, si no pude conseguir trabajo en Londres, Nueva York no tiene por qué ser diferente. En fin, es un sueño. Ahora mismo tengo un pequeño papel en una obrita...

–¿Cómo se llama?

–No la conoces, es un teatro muy pequeño.

–¿Qué papel interpretas?

–Flecha –respondió Merida–. Soy una flecha, pero nunca alcanzo mi objetivo.

–¿Y vas vestida como una flecha?

–No, voy vestida de negro de los pies a la cabeza. Llevo unos leotardos negros y una peluca negra larga.

–Pues yo creo que se han perdido una buena oportunidad. Una flecha roja sería más contundente.

–La protagonista lleva una peluca roja –Merida sonrió–. La flecha es más bien como su sombra. Es un papel pequeño.

–Pero importante –dijo Ethan–. Aunque, por supuesto, puede que yo sea parcial.

A Merida le tembló un poco la mano mientras tomaba un sorbo de agua. Era tan discreto, tan parco en palabras que la sugerencia de parcialidad hacia ella la dejó sorprendida.

Ethan solo la miraba a ella, dejando claro que no quería estar en ningún otro sitio, pensó Merida cuando llegó el primer plato. No tenía la sensación de que estuviera a punto de irse, como solían hacer sus padres cuando llamaba. Reece también. Y no miraba por encima del hombro para ver si había alguien más interesante a quien contemplar, como hacían sus compañeros de profesión.

–¿Echas de menos a tu familia?

–A veces –Merida sonrió de nuevo–. Mis padres están divorciados y los dos han vuelto a casarse.

No dijo nada más, pero a Ethan le gustaría que lo hiciese. Era raro que quisiera saber algo más sobre una mujer con la que pronto iba a acostarse.

Porque esa era su intención.

Había tomado esa decisión cuando despidió a su conductor y volvió andando a la galería.

Era preciosa, pensó. Nada que ver con las sofisticadas bellezas con las que solía salir. La salvaje melena pelirroja y esos labios carnosos lo tenían tan fascinado como sus seductores ojos verdes. Sí, quería saber más cosas sobre ella, pero también le gustaría poder hablar de sus problemas como haría cualquiera que estuviese preocupado por un ser querido.

Pero ese tipo de conversación estaba prohibido cuando eras un Devereux, de modo que habló del pasado, de cosas que eran conocidas por todos.

—Yo tengo cierta experiencia con los divorcios. Mi padre ha estado casado cuatro veces, una vez antes de mi madre y dos después.

—¿Y sigues viendo a todas tus madrastras?

—No, por favor —respondió él, fingiendo un escalofrío—. Aparte de su matrimonio con mi madre, el resto fueron muy cortos.

—Así que no tenías una relación muy estrecha con ellas.

—No, en absoluto. No creo que ninguno de ellos fuese un matrimonio por amor. Esas mujeres buscaban estabilidad económica y lo comprendo. Mi padre solo quería una esposa a la que llevar del brazo cuando tenía que acudir a un evento. Nunca estaba en casa.

—¿Entonces quién te crio?

—Niñeras draconianas —respondió Ethan. Y luego hizo una pausa, percatándose de que había contado más de lo que solía contar—. ¿Cuántos años tenías cuando tus padres se divorciaron?

—Diez años cuando rompieron... y luego pasaron los siguientes dos años peleándose por conseguir mi custodia. Yo creo que ninguno de los dos estaba interesado, pero no querían que el otro ganase la batalla.

Seguía doliéndole recordar ese tiempo, aunque se sentía como una boba cuando otras personas le contaban lo que habían tenido que sufrir. Como Ethan, que además de perder a su madre había tenido que soportar un interminable desfile de madrastras.

Se quedó en silencio, pensativa, hasta que el maître se acercó para preguntarles si les gustaba el primer plato.

—Es delicioso, gracias.

Había vuelto a ponerse la máscara, pensó Ethan. Él descifraba a las mujeres con facilidad. De hecho, descifraba a la mayoría de la gente con facilidad, pero no podía descifrar a Merida. Era afable y, en apariencia, segura de sí misma, pero había un atisbo de vulnerabilidad en ella.

—¿Tus padres querían tener más hijos?

—Imagino que sí porque mi padre tuvo otro hijo y mi madre una hija.

—¿Y te llevas bien con ellos?

—Los veo cuando puedo y alguna vez he cuidado de ellos —le contó Merida. Aunque eso no respondía a su pregunta.

—¿Cuidas de ellos? ¿Cuántos años tienen?

—Diez y once ahora. Solía cuidar de ellos cuando vivía en Inglaterra. Los acompañaba a sus actividades cuando mis padres no podían hacerlo.

—Entonces imagino que será agradable tomarte un respiro en Nueva York.

—No me importaba hacerlo. No quería que se perdiesen nada.

—¿Tú te perdiste algo?

«Ay, por favor, no me preguntes eso», pensó Merida.

No quería arruinar una noche estupenda, pero era como si de repente él quisiera saltarse los prolegómenos e ir directo a la yugular.

Solo era una pregunta, se dijo a sí misma.

—En realidad, no tiene tanta importancia.

—Entonces no te importará contármelo.

–No, claro que no –Merida tomó aire–. A los doce años conseguí un papel en una importante producción teatral. Eran muy estrictos con el horario de los niños actores y necesitaba el permiso de mis padres. Ellos, en principio, parecían animados –Merida tragó saliva–, pero creo que era más de cara a la galería. Los ensayos durarían seis semanas y mi padre o mi madre estaban disponibles para ir a buscarme, pero enseguida empezaron las dificultades. Mi padre tenía un nuevo trabajo y mi madre y yo nos mudamos a varios kilómetros de Londres.

–¿Tuviste que dejarlo?

Merida asintió. No entró en detalles, no le contó cuánto le había dolido tener que renunciar a un papel que tanto deseaba y por el que tanto se había esforzado. Ni lo desconcertada que se había sentido cuando la guerra entre sus padres terminó en un empate: la custodia compartida. Merida nunca se había sentido querida por sus padres, pero no iba a contárselo. Eso sería demasiado para una primera cita.

Aunque no estaba segura de que aquello fuese una cita. Solo sabía que allí era donde quería estar, aunque lo encontrase un poco abrumador. Pero no era su dinero o su poder lo que la abrumaba, ni siquiera su reputación con las mujeres.

Era cuánto le gustaba. Su habilidad para hacer que el resto del mundo desapareciese. Estaba contándole cosas que solo le había contado a su mejor amiga, Naomi.

–¿Cuánto tiempo vas a estar en Nueva York? –le preguntó Ethan.

–Eso depende –respondió ella–. Me encantaría quedarme aquí, pero es muy difícil. La verdad es que estoy un poco desesperada.

No quería estropear la noche contándole sus penas, pero por mucho que le gustase su papel en *El Percance*, le pagaban lo mínimo y su trabajo en la galería cubría poco más que el alquiler.

Aunque aún había esperanza.

—Mañana tengo una prueba para un papel en una serie de televisión.

—¿Qué papel?

—¿No te vas a reír?

—Yo no suelo reír.

—Una prostituta —dijo Merida entonces—. Y un cadáver. Aunque no lo creas, interpretar a un cadáver no es fácil.

Ethan no rio, pero sí esbozó una sonrisa.

Y cuando sonrió, mirándola a los ojos, su corazón se aceleró. ¿Cómo podía emocionarla tanto con un ligero rictus de los labios? Era como si hubiera metido una mano dentro de ella y, sin el menor esfuerzo, hubiese encendido una llama en su interior.

Merida le devolvió la sonrisa.

La primera sonrisa auténtica en toda la noche.

Se había quitado la máscara y se quedaron mirándose el uno al otro. Se sentía tan bien, tan reconocida, que cuando él alargó una mano no dio un respingo. Al contrario, dejó que la apretase, aliviada.

Se sentía... *reconocida.*

El camarero volvió y tuvieron que soltarse para tomar la carta de postres.

Merida no disfrutó de las caprichosas descripciones mientras aceptaba que iba a acostarse con Ethan Devereux. Había esperado mucho tiempo para aquello y, mientras intentaba decidirse entre merengues y cremas, intentó imaginar su reacción si le decía que era virgen.

–¿Qué te apetece? –le preguntó Ethan.

Ella sintió que le ardía la cara.

–No sé si quiero nada –admitió.

–Pero yo sí –dijo él, dejando la carta sobre la mesa–. Quiero bailar.

La llevó a la pista de baile y, una vez allí, fue un alivio estar entre sus brazos. Bueno, no exactamente un alivio porque su roce la inflamó, pero era una delicia sentirse abrazada por Ethan Devereux. La presión de sus manos era ligera, pero firme y cuando la atrajo hacia sí ella le echó los brazos al cuello y apoyó la cabeza en su torso.

Si todo terminaba en ese momento sería la mejor noche de su vida.

Pero no quería que terminase.

Él apretaba su cintura con una mano, acariciando la piel desnuda de su espalda con la otra. Cuando rozó su espina dorsal con las yemas de los dedos, Merida cerró los ojos, preguntándose qué pasaría después.

¿Sugeriría que reservasen una habitación en el hotel o la llevaría a casa y esperaría que lo invitase a subir? Ethan era un hombre sofisticado y tal vez pensaba lo mismo de ella. ¿Debería decirle que era virgen?, se preguntó. Había interpretado el papel de amante en el escenario. ¿Podría hacerlo en la vida real?

Y ahora sabía por qué seguía siendo virgen: porque nadie le había hecho sentir de ese modo. Ethan hacía que el resto de los hombres parecieses aficionados.

–Merida –dijo él con voz ronca–. Vamos a la cama.

Pudo ver el rubor que cubría sus mejillas y cómo parpadeaba rápidamente, pero no se retractó ni suavizó la invitación. La deseaba tanto. Había decidido ir allí desde el hospital solo por la oportunidad de volver a verla.

Para acostarse con ella.

–Ethan, yo... no he hecho esto nunca.

De verdad era difícil de descifrar, pensó él. Ni por un momento había pensado que la sensual mujer que tenía entre los brazos, la mujer que le había devuelto un beso en medio de la calle, fuese virgen. Pero estaba acostumbrado a ese tipo de declaración antes de un revolcón de una noche. Muchas mujeres intentaban convencerlo de que aquello no era normal antes de acostarse con él, de modo que no dijo nada.

–¿Quién hubiera imaginado que los dos nos dejaríamos llevar así?

La besó entonces, allí, en la pista de baile. No en los labios sino en un hombro desnudo y el calor de su boca hizo que a Merida se le encogiese el estómago.

–Vamos a la cama, Merida –le dijo al oído, haciéndola temblar.

«Sí».

Capítulo 5

ETHAN tomó su mano mientras entraban en el ascensor y Merida se vio a sí misma en las paredes de espejo. Ethan parecía tan sereno como si fuese a una reunión de trabajo, pero ella... le brillaban los ojos y tenía las mejillas encendidas. Quería abrazarlo, pero aquel no era el sitio apropiado.

Otra pareja entró en el ascensor y Ethan dio un paso atrás para hacerles sitio.

¿Cómo funcionaba aquel mundo desconocido para ella? ¿Había reservado una habitación antes de que llegasen al hotel? No lo sabía y cuando Ethan rozó la palma de su mano con el pulgar pensó que le daba igual.

La pareja salió del ascensor y Merida notó que la mujer se giraba ligeramente para mirar a Ethan. Los oyó hablar mientras las puertas se cerraban.

–Estoy segura de que era Abe Dev...

Ethan no dijo nada. Debía estar acostumbrado a ser reconocido o confundido con su hermano.

Merida no sabía en qué planta estaban y tampoco dónde llevaba el pasillo cuando salieron del ascensor. Recorrieron una gruesa alfombra de color crema hasta que él sacó una tarjeta magnética del bolsillo y Merida supo que su anhelado sueño estaba detrás de la puerta.

La suite era fabulosa y, aunque las pesadas cortinas

estaban echadas, la vista seguía siendo espectacular porque era él.

Le daba igual la suite. Ethan Devereux la había hipnotizado desde el momento que apareció en su vida. Parecía imposible que solo hubieran pasado unas horas desde que se conocieron y que esa misma tarde no hubiera sabido nada de su existencia.

Él se quitó el abrigo y lo tiró sobre una silla.

A un lado de la habitación había una puerta entreabierta y, por el rabillo del ojo, Merida vio una enorme cama con dosel con el embozo abierto. Esa cama provocó una mezcla de excitación y terror porque no sabía cuál sería su reacción si descubría que era su primera vez.

Y decidió que no debía descubrirlo.

Ethan sirvió dos copas de coñac de un decantador de cristal. Le ofreció una y Merida tomó un sorbo, intentando calmar sus nervios, pero era un licor muy fuerte y le quemó la garganta.

Estaba asustada, aunque intentó disimular tras una sonrisa que quería ser tentadora.

Y debía serlo porque Ethan se acercó y tomó su cara entre las manos. Su roce era cálido y cuando la besó sabía a coñac, a pecado y a todo lo que se había perdido hasta ese momento.

Acarició su espalda, haciendo un íntimo examen de su espina dorsal desde la desnuda punta de su cuello a la base, donde el mero roce de sus manos hizo que Merida empujase las caderas hacia él.

Ethan metió una mano entre los dos para acariciar sus pechos, rozando un pezón con el pulgar. Un gemido escapó de su garganta. El contacto era embriagador y, sin embargo, no era suficiente.

Mientras acariciaba sus pechos con una mano, con

la otra desataba el lazo del vestido. Dejó de besarla para quitárselo y Merida quedó desnuda de cintura para arriba.

Salvo las perlas.

Los ojos negros se clavaron en sus pechos y sus pezones se levantaron como por voluntad propia. Mientras Ethan los acariciaba, ella empezó a temblar de nervios y anticipación.

Debería hacer algo, pensó, volviendo al truco de fingir ser alguien que no era. Así que deshizo el nudo de su corbata, mirando seductoramente su boca.

Sus dedos se volvieron impacientes mientras desabrochaba los botones de la camisa, pero enseguida recibió su recompensa. El suave vello oscuro sobre el amplio torso, los pezones pequeños y oscuros...

Merida abrió la camisa y pasó las manos por el magnífico torso, sintiendo los músculos y los tendones. Luego deslizó los dedos por la flecha de vello negro que recorría su estómago plano.

Podía ver el bulto debajo y podía sentirlo. Estaba nerviosa, pero intentó disimular mientras imaginaba ese largo y rígido miembro dentro de ella.

—Sácalo —le ordenó él con voz ronca.

Merida vaciló durante un segundo, pero luego se armó de valor para desabrochar la cremallera del pantalón. Lo liberó del calzoncillo y lo sostuvo en la mano, sintiéndolo fuerte, cálido y vivo.

No sabía qué hacer a partir de ese momento y lo miró, insegura.

Él puso su mano sobre la suya, alrededor del sólido miembro, y Merida miró, hipnotizada, mientras lo acariciaban juntos, sintiendo el poder que generaban con cada movimiento.

Ethan la soltó entonces, impaciente, y fue empujándola hacia la pared con firmes besos, tirando al mismo tiempo del vestido. Ella levantó los pies para librarse de él y cuando levantó la mirada lo vio poniéndose un preservativo.

La única barrera que quedaba eran sus bragas, pero Ethan las rasgó de un simple tirón. Nunca había experimentado tal poder masculino.

—Ethan...

Aquello era delicioso, pero Merida sabía que tenía que decírselo.

—Soy virgen.

Él se detuvo, preguntándose si había oído mal o si aquello era un juego.

Los ojos verdes brillaban de deseo y de miedo al mismo tiempo y entonces entendió a qué se refería cuando dijo que no había hecho aquello nunca.

Debería parar, pensó. De hecho, se quitó el preservativo, pero Merida puso una mano en su brazo.

—No quiero que pares.

—¿Quieres estar aquí? —le preguntó.

—Sí —respondió ella. Dio un paso adelante para besarlo, pero Ethan se apartó.

—Entonces, deja de fingir —le espetó. Porque ahora sabía que su actitud serena era una mentira.

—No sé cómo hacerlo —le confesó Merida.

Era la admisión más sincera de su vida.

No sabía cómo ser ella misma. No sabía cómo expresar sus necesidades. Actuar era fácil porque estaba interpretando un papel, fingiendo ser alguien que no era. En la vida real, en cambio, no sabía hacerlo.

Ethan la besó con fuerza cuando ella quería ternura. La necesitaba, pero le devolvió el beso con todo su ardor.

Y, de nuevo, Ethan se apartó.

—Te he dicho que dejes de fingir. Deja de intentar complacerme.

Merida sentía ganas de llorar porque era como si la hubiese descubierto desnuda bajo un montón de disfraces.

—No sé cómo hacerlo...

Cuando las lágrimas empezaron a rodar por sus mejillas Ethan inclinó la cabeza para secarlas con sus labios. Cada beso era como un cincel que arrancaba piezas de su disfraz, exponiendo a la auténtica Merida.

Saboreó la sal de sus lágrimas mientras la llevaba a la cama. La tumbó sobre el edredón y le quitó el collar de perlas, los zapatos y la goma de la coleta para dejarla completamente desnuda.

El preservativo había desaparecido y su chaqueta estaba en el salón. Al ver el triángulo de rizos de color cobre Ethan maldijo en silencio porque algunos momentos nunca deberían ser interrumpidos.

La miró a ella y luego miró la puerta y Merida entendió su preocupación.

—Tomo la píldora.

—Nunca le digas eso a un canalla como yo.

—¿Ni siquiera un canalla que me vuelve loca?

Ethan estaba advirtiéndole que aquello era demasiado para ella, pero Merida no hizo caso.

No quería que estuviese loca por él, pero no podía negar la satisfacción que experimentó al saber que así era.

Merida alargó una mano hacia él, con un brillo de curiosidad en sus ojos verdes.

—Me has tocado antes...

Pero entonces estaba mintiendo.

Merida lo tocó de nuevo, tentativamente, sin que él

la guiase, y su mano de aficionada provocó un placer inusitado. La perlada gota en la punta amenazaba con convertirse en un mar plateado y tuvo que apretar los dientes para controlarse.

Y entonces ella inclinó la cabeza para rozarlo con la punta de la lengua y Ethan tuvo que morderse los labios para controlar un gemido de placer. Cuánto le gustaría empujar su cabeza y cuánto le gustaría a ella tener valor para hacer lo mismo.

Temiendo terminar antes de tiempo, Ethan levantó su cabeza para tumbarla en la cama y se colocó entre sus piernas.

La miró, admirando su pelo revuelto sobre las sábanas. Admirando los rizos que escondían la parte que él anhelaba devorar mientras ella se retorcía ante tan íntima inspección.

Se inclinó entonces sobre ella con el sigilo de un gato hasta que Merida sintió el peso de su cuerpo y el roce de su lengua. Y eran divinos en igual medida.

Cuando la miró a los ojos fue como si le concedieran un deseo. Acababa de descubrir lo que era ser objeto de la suave mirada de Ethan Devereux.

Ethan separó sus piernas y la besó en el cuello, su jadeante respiración una deliciosa banda sonora mientras sentía el roce del miembro masculino en su entrada.

Merida cerró los ojos y puso las manos sobre sus caderas como para sujetarlo allí. Pero él empujó un poco más y, de repente, se apartó al oírla gritar.

Merida no podía respirar y temblaba de arriba abajo. Tan intenso fue el dolor que era como si un espejo se hubiese roto ante sus ojos. Mientras intentaba calmarse, se preguntó cómo había podido pensar que podría fingir que no era virgen.

Ethan quería parar, darle tiempo para acostumbrarse a sentirlo dentro de ella, pero era insoportable.. El fiero deseo y el calor que generaban hacía imposible que permaneciese inmóvil. Su cuerpo quería que empujase y tenía que controlarse para ir despacio, para saborear ese momento.

Cuando se apoyó en los antebrazos para mirarla descubrió su gesto angustiado.

—No finjas nunca —le dijo mientras aumentaba el ritmo de sus embestidas.

Y cuando ella levantó las caderas y se sujetó al cabecero, él le levantó las piernas para enredarlas en su cintura.

—¡Ethan!

Estaba gritando y no de dolor, sino por ser tomada, por ser descubierta.

Él empezó a empujar con más fuerza y Merida soltó el cabecero y empezó a arañar su espalda sin poder evitarlo.

Ardiente, viril y urgente, Ethan creaba dentro de ella un frenesí del que no quería escapar nunca. Y la auténtica belleza era su intensidad.

El clímax fue tan intenso que sintió como si hubiera abandonado su cuerpo. Un segundo después disfrutó de los gemidos masculinos, del grito sin aliento de su liberación mientras se derramaba en su interior.

Ethan cayó sobre ella y Merida se quedó inmóvil, intentando recuperar el aliento mientras Ethan la besaba.

—No vuelvas a mentir —le advirtió.

Y saciada, relajada y desflorada, Merida asintió. Porque en aquel delicioso momento de felicidad, de verdad creía que nunca lo haría.

Porque Ethan la había descubierto.

Capítulo 6

MERIDA, apoyada en el torso de Ethan mientras él acariciaba distraídamente su brazo, no parecía querer apartarse. Parecía sentirse cómoda, feliz.

Esa noche había sido asombrosa para los dos, pero lo más extraño era que para él seguía siéndolo.

Resultaba incongruente pensar que su padre estaba a punto de entrar en el quirófano...

Su móvil sonó en ese momento y Ethan alargó un brazo para responder. Era Khalid.

–¿Fuiste a la galería?

–Por supuesto.

–¿Y bien?

–No tienes nada de lo que preocuparte. ¿Puedo llamarte más tarde?

–Sí, claro.

Después de cortar la comunicación se quedó pensando en lo que había pasado esa noche. Hizo una mueca al recordar que había estado a punto de tomarla de pie, sin pensar ni por un momento que podía ser su primera vez.

–¿Algún remordimiento? –le preguntó.

–Ninguno –respondió Merida–. Bueno, quizá uno.

–¿Qué? –preguntó él frunciendo el ceño–. ¿Te he...?

Había estado a punto de preguntar si le había hecho daño, pero su sonrisa lo interrumpió.

–Que tengo que irme.

–Ah, sí, la prueba.

Merida se apartó de sus brazos haciendo una mueca.

–He olvidado mi gabardina y mi bolsa en el restaurante y siempre llevo mi falda de cuadros a las pruebas. Me da suerte.

–Haré que la traigan –dijo Ethan, levantando el teléfono–. Voy a pedir el desayuno.

–No tengo tiempo para desayunar.

–Puedes llevártelo si quieres. Les diré que lo preparen para llevar.

–Gracias.

–De nada.

Mientras pedía el desayuno, Merida no podía dejar de pensar que no era el diablo sobre el que le habían advertido. Nunca se había sentido mejor tratada. En todos los sentidos. Había prestado tanta atención a su cuerpo y a sus sentimientos por la noche...

–Diez minutos más –dijo cuando él la envolvió en sus brazos–. Eres un buen despertador.

–Pulsa ahí abajo –la retó él, tomando su mano.

Merida lo notó rígido bajo la sábana, pero sabía que perdería la noción del tiempo si no se apartaba inmediatamente.

–¿Ethan?

–¿Sí?

–¿Habías reservado la suite antes de pedirme que cenase contigo? –le preguntó–. ¿Tan seguro estabas de que diría que sí?

–No he tenido que reservar habitación. Tengo esta suite de forma permanente.

–¿No tienes casa propia?

–Sí, claro.

Tenía una casa a la que nunca invitaba a ninguna

amante y, sin embargo, estaba pensando hacerlo por primera vez.

El móvil de Merida sonó en ese momento y no tenía que mirar para saber quién era.

–Será mi amiga Naomi para desearme buena suerte. Vive en Inglaterra.

–¿También es actriz?

–No, es niñera neonatal. Cuida de los recién nacidos antes de que se haga cargo la niñera habitual.

–No se me ocurre un oficio peor –bromeó Ethan.

Merida soltó una carcajada.

–¿Qué vas a hacer tú hoy?

–No estoy seguro –respondió él. Normalmente, se iría a la oficina. De hecho, tenía una reunión a las ocho–. Debería llamar a mi hermano Abe...

–¿Os lleváis bien?

–Trabajamos juntos.

–¿Pero os lleváis bien?

–No, la verdad es que no tenemos una relación muy estrecha.

–¿Y con tu padre?

Esas preguntas tan personales lo hacían sentir incómodo, pero entonces recordó que por la noche él le había preguntado lo mismo. Y no era solo la pregunta lo que hacía que se sintiera incómodo sino la respuesta.

–No, la verdad es que no. Somos demasiado parecidos –le explicó.

–Entonces, me gusta –bromeó Merida.

Ethan no había esperado eso. Ni siquiera había esperado responder con sinceridad, pero en la cama, relajado y excitado a la vez, estaba siendo más abierto que nunca.

Inclinó la cabeza y Merida alargó el cuello para que sus labios se encontrasen. Le estaba encantando aquel beso matutino, el roce de su boca y la promesa que contenía...

Sus caricias eran tan potentes. Al principio, solo eran besos lánguidos, perezosos, pero en cuanto puso una mano sobre sus pechos desnudos Merida quería entregarse y tumbarse sobre él.

Sin embargo, haciendo un esfuerzo, se apartó de ese precipicio.

—Tengo que ducharme.

—Una pena.

Cuando se levantó de la cama, Ethan vio las marcas que le había hecho con la boca por la noche y verlas en sus muslos fue un recordatorio que afectó directamente a su entrepierna.

Ella sonrió mientras levantaba un poco la sábana.

—¿Necesitas ayuda?

Al ver su gesto sorprendido Merida soltó una carcajada.

—No lo decía en serio. Estaba metiéndome en el papel para la prueba.

—Bruja.

Ethan la vio entrar en el baño y estuvo a punto de seguirla, pero sabía que no tenían tiempo. Esa prueba era muy importante para ella, de modo que se quedó en la cama, pensando que no solo quería pasar la noche con Merida, sino el día entero.

Aún no había noticias de su padre, pero llamó a Helene y, por primera vez en mucho tiempo, le pidió que cancelase todas sus reuniones.

Merida se tomó su tiempo en la ducha. Aunque debería darse prisa, en su estudio el agua salía fría y caliente a intervalos, de modo que disfrutó del potente chorro a temperatura perfecta y se lavó el pelo con un champú que olía de maravilla.

No podía dejar de preguntarse qué iba a pasar a partir de ese momento. Todo aquello era tan nuevo para ella.

Después de ducharse se secó el pelo con una esponjosa toalla blanca y se puso un albornoz antes de volver al dormitorio. Encontró a Ethan en la cama y dos bandejas de desayuno sobre la mesa. Las cortinas estaban abiertas y miró Central Park cubierto de niebla.

Era una escena de ensueño, pensó.

—¿De verdad no tienes tiempo de desayunar? —le preguntó Ethan—. Solo tardarías cinco minutos.

Había tortitas ligeras como el aire con queso mascarpone y canela y un café fuerte en un vaso de plástico para llevar. Si hubiese pedido ella misma no lo habría hecho mejor.

—De acuerdo, pero solo cinco minutos. ¿Han traído mi bolsa?

Ethan señaló el armario.

—Está ahí —respondió—. Oye, Merida...

—¿Qué?

—¿Tomas la píldora?

—Sí —respondió ella. Normalmente, la tomaba cada noche, antes de irse a dormir, pero la tomaría en cuanto llegase a casa.

—Mira...

Ethan estaba a punto de advertirle que en el futuro no debería mantener relaciones sin protección. Y no estaba siendo hipócrita. Él nunca se había arriesgado hasta la noche anterior. Quería decirle que los hombres eran unos mentirosos y que debería... pero ahí se interrumpió el pensamiento porque no podía pensar en ella con otro hombre.

—En serio, no te preocupes. No va a pasar nada —le aseguró ella.

–Me alegro, pero estaba pensando...

–No pienso volver a la cama –lo interrumpió ella–. Y por favor, no me tientes. Tengo la impresión de que podrías convencerme y de verdad necesito ese trabajo.

Las mariposas en su estómago estaban pasándolo en grande, pero no solo estaba nerviosa por la prueba. También había una bandada de alteradas criaturas totalmente dedicadas a él.

Después de desayunar, se sentó en la cama y sacó los leotardos y el sujetador de la bolsa.

–¿Qué? –preguntó de nuevo al ver que Ethan seguía mirándola con expresión interrogante.

Ethan no podía dejar de mirarla y eso era totalmente nuevo para él. En general, por la mañana estaba deseando que su amante se fuese, no queriendo prolongar el encuentro.

–Me gustaría ir contigo. Podría esperarte y luego podríamos comer juntos.

Esa oferta, totalmente inesperada, provocó una deliciosa descarga en su espina dorsal.

Ella había estado preparándose para mostrarse digna durante la despedida.

Mientras se ponía el jersey, Merida miró la niebla que cubría la ciudad por la ventana y supo que nunca olvidaría aquel momento.

Pero no era el final. Aún no. No iban a decirse adiós, no tendría que contener las lágrimas. Podía mirar aquella preciosa suite y recordar para siempre aquella noche maravillosa porque no terminaba allí.

–Me encantaría –le dijo, intentando esconder su emoción–. Pero antes tengo que pasar por mi apartamento para prepararme.

–Entonces llamaré a mi chófer.

–Ethan, no voy a llegar a la prueba en un coche con chófer.

–¿Por qué no?

–Porque no –respondió ella, sacando de la bolsa una falda de cuadros–. Iremos andando.

Tenía un aspecto despampanante, pensó Ethan. Su pelo y los colores de la falda eran un delicioso estallido de colores en aquella mañana cubierta de niebla.

Charlaron mientras caminaban en dirección a Hell's Kitchen, donde Merida tenía un diminuto apartamento sobre un ruidoso restaurante italiano.

–¿Has hecho muchas pruebas desde que llegaste a Nueva York?

–Más de las que puedo contar –respondió ella con una sonrisa cuando llegaron al restaurante italiano, que esa mañana estaba relativamente tranquilo–. Es aquí –le dijo, saludando a María, la propietaria, que estaba en la puerta.

Ethan sentía curiosidad, de modo que subió tras ella por la cochambrosa escalera. Era un estudio con una cama y una pequeña cocina. Imaginó que tras la única puerta debía haber un cuarto de baño. No había mucho más.

Merida sacó su maleta de debajo de la cama y empezó a buscar entre la ropa.

–Estás muy nerviosa, ¿verdad?

–Sí, mucho. Será mejor que empiece a maquillarme.

–Muy bien. Te espero abajo –dijo Ethan.

Merida entró en el cuarto de baño y empezó a maquillarse. Se puso kilos de máscara de pestañas y lápiz de ojos y deseó no haberse lavado el pelo porque unos rizos salvajes y despeinados hubieran sido perfectos para el papel.

Se quitó las botas y se puso unas medias transparentes que rasgó con la uña a la altura de la rodilla. Tendría que enviarle a Gemma una caja de bombones, pensó mientras volvía a ponerse los zapatos de tacón alto. Eligió el sujetador más andrajoso que tenía y luego se puso un ajustado top negro. No tenía un espejo de cuerpo entero, pero estaba casi segura de haber conseguido la imagen sórdida que buscaba.

Bajó las escaleras sobre los altos tacones, tan concentrada en la prueba y en Ethan que olvidó tomar la píldora. No dejaba de preguntarse por qué había querido esperar fuera. Tal vez el caos de su estudio era demasiado para él. Desde luego, no estaría acostumbrado a un sitio tan pequeño.

Pero Ethan no había querido esperar en la calle por esa razón. Una vez fuera, sacó el móvil del bolsillo para llamar a Abe. Eran las nueve y media y, normalmente, para entonces ya llevaría dos horas trabajando.

—¿Alguna noticia?

—¿Por qué no estás en la oficina? —le preguntó su hermano.

—He decidido tomarme el día libre.

—Acabo de llamar al hospital y sigue en el quirófano.

—¿No era el primero en la lista?

—Es el único en la lista del doctor Jacobs —respondió Abe. Jobe Devereux tendría al mejor cirujano durante el tiempo que necesitase—. Al parecer, entró a las ocho.

—Avísame cuando sepas algo —dijo Ethan.

—Muy bien.

No dijeron nada más. Ethan no le contó lo que le pasaba por la cabeza: que si había entrado a las ocho en el quirófano, la operación estaba alargándose. ¿Cirugía exploratoria? Bueno, él no sabía nada sobre eso.

Solo quería saber que todo había ido bien para poder sacudirse la angustia que sentía desde que vio a su
padre hacer una mueca de dolor que él se apresuró a
negar. Jobe insistía en decir que no pasaba nada, pero
en realidad, aparte de algún plato de sopa, Ethan no
había visto a su padre comer de verdad en varias semanas.

No estaba preparado para perderlo. Su relación no
era buena, pero siempre había esperado solucionarlo
algún día.

«Por favor, que todo salga bien».

—¿Nos vamos?

Ethan miró las medias rasgadas y los zapatos de
tacón haciendo una mueca. Riendo, Merida se abrió
la gabardina para mostrarle el top negro y la mini-
falda.

Desde luego, sabía vestirse para interpretar un papel.

—Si nos hacen alguna fotografía mi reputación quedará arruinada para siempre.

Ethan imaginó la cara de Maurice si era fotogra-
fiado paseando por Manhattan con una prostituta y
eso hizo que soltase una carcajada, algo raro en él.

La sombra que lo perseguía se esfumó, como la
noche anterior.

—¿Dónde vamos? —le preguntó.

—A la calle Cincuenta y Cuatro —respondió Merida.

Cuando llegaron al rascacielos en el que tendrían
lugar las pruebas Ethan vio que estaba pálida.

—¿Puedo desearte buena suerte? —le preguntó, porque sabía que los actores eran suspicaces con esas
cosas.

—No, se supone que debes desearme mucha mierda.

—Muy bien —Ethan esbozó una sonrisa—. Mucha

mierda entonces. Nos veremos ahí mismo –dijo luego, señalando un café al otro lado de la calle.

La vio entrar en el edificio, un dardo de color desapareciendo en el abarrotado vestíbulo lleno de falsas prostitutas. Y todas buscando el mismo papel.

Entró en el café y, mientras leía las noticias en el móvil, esperó que su hermano llamase. Pero Abe no llamó, así que dejó de leer y miró la entrada del rascacielos, preguntándose qué estaba pasando porque parecía haber una invasión de operarios en el vestíbulo. Tal vez se habían estropeado los ascensores, pensó, y él había trabajado en suficientes rascacielos como para preocuparse. ¿Se trataría de alguna emergencia?

Se levantó y salió del café, esquivando el tráfico mientras cruzaba la calle para entrar en el edificio. Había hombres con casco por todas partes, algunos charlando, otros mirando sus móviles o leyendo el periódico. Iba a preguntar qué demonios estaba pasando cuando vio a Merida saliendo de uno de los ascensores y dejó escapar un suspiro de alivio.

–Hola –la saludó–. ¿Cómo ha ido la prueba?

–Ya te llamaremos –dijo ella, poniendo los ojos en blanco–. Necesito un café.

–Sí, claro.

Su mesa seguía libre, pero habían retirado la botella de agua mineral, de modo que pidió otra y un café para ella.

–¿Va todo bien? –le preguntó Merida.

–Sí, claro.

Parecía distraído y pensó que se había cansado de esperar. O peor, que se había cansado de ella.

Había crecido sintiéndose un estorbo, amargada por las disputas entre sus padres, que se peleaban hasta el último aliento por la custodia de su hija. Sin embargo, ella se sentía como una molestia.

–El vestíbulo se llenó de hombres con casco y pensé que había algún problema con los ascensores.

–No, no. Después de las pruebas para el papel de prostituta había pruebas para un papel de albañil –le explicó Merida.

Ethan estaba riendo de su propio error cuando sonó su teléfono y vio que era Abe.

–Tengo que contestar.

–Sí, claro –asintió Merida, preguntándose por qué tenía que levantarse para responder a una llamada.

–Ya ha salido del quirófano –dijo Abe a modo de saludo.

–¿Y?

–Tienes que venir al hospital. El cirujano quiere hablar con nosotros, eso es todo lo que sé.

–¿Con quién has hablado?

–Ve al hospital en cuanto puedas, Ethan. Nos veremos allí.

Ethan miró a Merida echándose azúcar en el café y supo que todo estaba a punto de cambiar.

El circo que era su vida se había puesto a toda marcha y no tenía intención de hacerla pasar por eso. Y tampoco necesitaba otro testigo de su dolor.

Ethan sabía que no había buenas noticias para su padre. Lo había intuido durante unos meses y ahora tenía que enfrentarse con ello.

Volvió con Merida, pensando que cuanto menos dijese, mejor. La operación de su padre era un secreto porque la familia Devereux no hablaba de tales cosas con extraños, así que volvió a su estado primitivo: arrogante, distante, cerrado.

–Ha ocurrido algo. Tengo que irme.

Volvía a ser el hombre al que había conocido en la galería, distante y desdeñoso, pensó ella.

—¿Tienes que irte hora mismo?

—Sí, ahora mismo.

Merida tuvo que apretar los labios para no preguntar: ¿Cuándo volveremos a vernos? ¿Cuándo me llamarás?

—Pórtate bien —dijo él a modo de despedida.

Se dirigía hacia la puerta, pero entonces se dio la vuelta e hizo algo extraordinariamente raro en él: le abrochó los botones de la gabardina y el cinturón.

—Hace frío —murmuró.

Y luego salió del café sin mirar atrás.

—¿Lo sabe él? —preguntó Abe.

Ethan estaba de espaldas, mirando la fotografía que había en la pared.

Era la misma habitación a la que lo habían llevado tantos años atrás, cuando vieron a su madre por última vez. Los muebles eran distintos, pero la fotografía seguía allí. Una toma nocturna del puente de Brooklyn, mirando hacia Manhattan.

Para Ethan era la mejor vista del mundo, pero en ese momento no quería verla. En lugar de eso, escuchó mientras el cirujano les contaba que Jobe lo sabía desde hacía algún tiempo.

—¿Entonces no era una operación exploratoria? —preguntó Abe.

—Lo era. Quería ver el tumor y hacer una biopsia.

—¿No le han hecho un escáner?

—Le hemos hecho muchos.

Era muy triste que su padre hubiera tenido que pasar solo por todo eso, pero Jobe Devereux odiaba mostrar debilidad o miedo.

–¿Cuánto tiempo le queda? –preguntó entonces.

–No podemos saberlo con seguridad. Antes tengo que ver el informe de patología.

–No vamos a exigirle una fecha en concreto –dijo Ethan con tono de advertencia. Quería que respondiese a su pregunta.

–Con un tratamiento para reducir el tumor, yo diría que unos seis meses –respondió el cirujano por fin–. Pero se trata de Jove, así que tal vez un año.

Ethan intentó asimilarlo, pero era incapaz.

–¿Podemos verlo?

–Sí, claro.

Había esperado ver a su padre tumbado en la cama, medio inconsciente, pero el cabezota estaba sentado, recostado en las almohadas.

–Deberías habérnoslo dicho.

–No empieces –dijo Jobe–. No pasa nada, todo sigue igual.

–Tienes que descansar y... –empezó a decir Abe.

–Yo orquestaré mi propia defunción, muchas gracias. No quiero que nadie se entere de esto.

–El consejo de administración tiene que saberlo.

–No, aún no.

Ethan se volvió cuando Maurice entró en la habitación.

–¿Por qué no?

–Tu padre quiere que el proyecto de Dubái sea anunciado antes.

Y eso fue todo.

Había descubierto que su padre estaba a punto de morir, pero en el mundo de los Devereux los negocios eran lo primero, de modo que estaba de vuelta en la oficina a la hora del almuerzo.

–¿Cómo está Jobe? –le preguntó Helene.

–Bien –respondió él–. Tiene piedras en la vesícula o algo así, pero debe quedar entre nosotros.

–Sí, claro.

El espectáculo tenía que continuar.

Para Merida, el espectáculo también tenía que continuar.

Literalmente.

Interpretaba su papel en el teatro los fines de semana y seguía trabajando en la galería de arte, pero era un mundo frío sin él. Había llegado la primavera y los días eran más largos y luminosos, pero la repentina desaparición de Ethan la había dejado helada por dentro.

No, repentina no, pensó con tristeza. No podía decir que no estuviese advertida.

Cuando recibió la llamada de la productora para decir que había conseguido el papel en la serie de televisión, su alegría fue atemperada por el desolado espacio en su corazón que Ethan había dejado tras él.

Y su mejor amiga, Naomi, se dio cuenta cuando la llamó para contarle que había conseguido el papel.

–No pareces tan emocionada como yo esperaba –le dijo.

–Claro que estoy emocionada. Empezamos a grabar el miércoles por la noche.

–¿Por la noche?

–Tengo que cruzar un puente y luego encuentran mi cadáver en Central Park –le contó Merida–. Además, tengo dos días de grabación en el estudio la semana que viene.

–¿Se lo has dicho a tu jefe en la galería?

–Y no le ha hecho mucha gracia que pidiese dos

días libres –respondió Merida–. Creo que voy a tener que despedirme. Quiere que haga otra visita privada el sábado por la noche, aunque sabe que tengo función en el teatro.

–Pero necesitas unos ingresos fijos.

–Lo sé, pero el trabajo en la galería debía permitirme trabajar en el teatro, no al revés.

–Bueno, piénsatelo antes de despedirte.

–Lo haré.

–Merida, ¿seguro que va todo bien?

–Pues claro que sí –respondió ella. Pero entonces se le rompió la voz–. Verás, he conocido a alguien.

Y luego le contó toda la historia.

Bueno, no toda la historia. Ni siquiera le reveló su nombre, pero sí le dijo que había sido maravilloso, extraordinario.

–Me pareció algo más que un encuentro de una noche y pensé que él sentía lo mismo.

–¿Cuándo lo viste por última vez? –le preguntó Naomi.

–Hace dos semanas, pero no tiene mi número de teléfono...

–Pero sabe dónde trabajas. Y, al aparecer, también sabe dónde vives.

–Sí, es verdad.

–¿Y no ha hecho ningún esfuerzo para ponerse en contacto?

–No.

En realidad, eso lo decía todo.

Merida había intentado olvidarlo, pensando que ese encandilamiento era debido a su inexperiencia y jurando no volver a ser tan ingenua.

Y en ese momento estaba en el puente, bajo los focos que imitaban la luz de la luna en Central Park, cuando sonó la claqueta. Al fondo estaba el hotel donde Ethan y ella habían pasado esa noche mágica, pero le dolía demasiado pensar en ello.

El segundo sábado sin él, Merida entró en el camerino y se colocó la peluca.

–Cinco minutos –avisó el regidor.

Agradecía poder pensar en otra cosa y la función era un escape. Eso era lo que le daba la interpretación. Había descubierto mucho tiempo atrás que era más fácil hacer un papel que ser ella misma.

Cuando la novia de su padre dejó claro que no quería a una adolescente en casa, en lugar de llorar se había puesto una máscara. Era mucho más fácil que ser ella misma. Y cuando su madre volvió a casarse y el horrible Mike la había tratado como si fuese una criada... bueno, eso fue exactamente lo que fingía ser en su cabeza. De ese modo, hacer las camas era casi divertido.

Y ahora tenía que olvidar a Ethan y ser Flecha, el personaje.

Merida entró en el escenario tropezando deliberadamente y el público soltó una carcajada. Durante las siguientes dos horas, olvidó el dolor y se alimentó de la reacción del público. O, más bien, recordó el dolor y la pena y lo puso todo en su interpretación.

–Esta noche estás fantástica, Merida –le dijo Daryl, el director, durante el entreacto.

Y en el segundo acto los dejó deslumbrados.

No era una producción de Broadway y solo estaban ocupadas la mitad de las sesenta butacas, pero durante unas horas escapó de sus problemas. Sin embargo, cuando terminó la función y volvió al camerino, tuvo que hacer un esfuerzo para no recordar que eran dieciséis noches sin él.

–Ha venido alguien a verte –anunció Daryl, asomando la cabeza en el camerino.

–¿Quién es?

–Créeme, no necesita presentación.

Merida se quitó la peluca y, a toda prisa, se atusó un poco el pelo, con el corazón acelerado.

Tenía que ser Ethan.

Entonces se dio cuenta de algo: cuando hicieron el amor, y después, por la mañana, no había hecho un papel. Por primera vez, había sido ella misma.

–Entra.

Nerviosa y excitada, vio cómo la puerta se abría...

–Merida, tu interpretación me ha impresionado.

Merida Cartwright era la única actriz en la historia que se había deprimido cuando el eminente productor Anton del Bosco entró en su camerino.

Aunque era la noche en la que, por fin, sus sueños se hacían realidad. Anton del Bosco quería que hiciese una prueba para el papel de Belladonna en *Bosque Nocturno*, una nueva producción de Broadway que se estrenaría en verano. Era un gran paso en su carrera y, cuando el productor se despidió, Merida recibió las felicitaciones de sus compañeros.

Aquella era la mejor noche de su vida, no dejaba de repetirse mientras volvía a casa en un taxi. Pero en lugar de estar dando saltos de alegría, entró en su estudio y se dejó caer sobre su sillón, con la gabardina puesta, escuchando los ruidos del restaurante y las interminables sirenas en la calle.

Y entonces hizo una estupidez.

Encendió el ordenador y tecleó el nombre de Ethan Devereux. Esa noche estaba en una gala, el baile de los Carmody, y se torturó a sí misma porque, por supuesto, mientras ella estaba desolada Ethan seguía adelante con su vida.

Rubia y preciosa, no había nada detestable en la mujer que aparecía con él en las fotografías. Y que, sin duda, en ese momento estaría en su cama.

Merida se sintió enferma. Más que eso... de hecho, llegó justo a tiempo al inodoro. Se puso de rodillas, agarrándose a la taza con una mano y sujetándose el pelo con la otra.

«Olvídalo de una vez y sé feliz», se decía a sí misma.

Después de todo, había conseguido lo que había soñado cuando se mudó a Nueva York: la oportunidad de trabajar en Broadway.

¡Broadway!

Pero Broadway ya no era lo más importante en su vida.

Se había enamorado de Ethan y el mundo era más alegre, más cálido y resplandeciente cuando lo compartía con él.

Pero ahora se habían apagado las luces y había caído el telón.

Capítulo 7

NO HABÍA mejor cura para un corazón roto que los ensayos para una producción de Broadway.

Se había despedido de la galería y ensayaba seis días a la semana. Los ensayos eran intensos y no debería tener tiempo para pensar en Ethan, pero lo tenía y no solo porque lo echase de menos.

Había otra preocupación.

Tenía razones para estar agotada cuando llegaba a casa cada noche, pero era algo más que cansancio. Y ese mes no había tenido la regla.

Sabine, que hacía el papel de pájaro del bosque y era también su suplente, la había pillado vomitando en el baño.

–¿Te encuentras bien?

–Sí, claro. No es nada.

La única vez que la había necesitado, había olvidado tomar la píldora y no podía esperar más. Merida entró en una farmacia, diciéndose a sí misma que no podía estar embarazada, que tenía que haber otra razón para su malestar.

Después de todo, tenía un papel en Broadway y nada, absolutamente nada debía interponerse en su camino.

Pero algo se había interpuesto.

Estaba embarazada.

Merida había pagado un dinero extra por una prueba que lo decía con letras bien claras: E.M.B.A.R.A.Z.A.D.A.

Se dejó caer en el sillón, escuchando a los italianos gritar en la cocina del restaurante, preguntándose qué hacer y a quién llamar para pedir consejo.

Pensó en su madre, pero ya conocía su veredicto: «no cometas el mismo error que cometí yo».

Su madre tenía dieciocho años cuando ella nació y Merida sabía que la consideraba el mayor error de su vida. Pensó entonces llamar a su padre, pero podía imaginar a su mujer poniendo los ojos en blanco. No, no llamaría a su padre para pedirle consejo.

Sus padres no tenían el menor interés por ella. Esa era la verdad y le dolía en el alma. Allí, en su estudio, sobre el ruidoso restaurante italiano, podía admitir que había ido a Nueva York no solo con el sueño de triunfar en Broadway sino para escapar del desamor de sus padres.

¿A quién podía contárselo entonces? ¿A Naomi?

El problema era que Naomi era niñera de neonatos e imaginaba cuál sería su opinión.

De modo que encontró un nuevo papel para su repertorio: una mujer que no quería ver la realidad.

El día del estreno se acercaba y esa noche tenían una sesión fotográfica. Su personaje llevaba un vestido de terciopelo del color de las frutas del bosque, los ojos destacados con *kohl* y los labios pintados de un morado profundo. Su pelo estaba escondido bajo una larga peluca rizada que caía en largos bucles hasta la mitad de la espalda.

Después de la sesión de fotos se sentó frente al espejo para quitarse el pesado maquillaje y sonrió cuando Sabine entró en el camerino con su brillante traje de pájaro.

—Estás preciosa.

—No quiero quitármelo —Sabine suspiró mientras se desvestía—. Oye, ¿quieres que cenemos juntas?

—¿Por qué no?

Terminaron en el ruidoso restaurante italiano, donde hacían una pasta estupenda y, además, no tendría que tomar un taxi para volver a casa.

—¿Pedimos una botella de vino? —sugirió Sabine.

—No, prefiero agua. Si no, mañana no podré levantarme.

Sabine pidió una copa de vino tinto y, mientras tomaban unos bien ganados carbohidratos, su compañera le hizo otra pregunta:

—¿Va todo bien, Merida?

—Sí, claro.

—¿Estás segura? Me preocupas, de verdad.

El mundo del teatro podía ser malicioso, pero también se hacían camarillas y habían trabajado juntas durante las últimas semanas.

—No quiero...

—¿De cuántos meses estás?

—¿Cómo lo sabes?

—Compartimos camerino y te he oído vomitar en el baño. Y seguro que no soy la única que lo ha notado.

Merida cerró los ojos. Si Anton se enteraba, la despediría.

—¿El padre lo sabe?

—No, solo fue... —Merida se encogió de hombros—. Solo fue un encuentro fortuito —añadió, con un nudo en la garganta.

El recuerdo de esa noche aún aceleraba su corazón. Y la mañana. Lo recordaba todo una y otra vez, intentando entender cuándo se había estropeado el encuentro y por qué. Le había parecido mucho más que un revolcón de una noche.

Y lo había sido porque las consecuencias eran tremendas.

—No sé qué hacer —admitió.

—Por eso he sugerido que cenásemos juntas —dijo Sabine, sacando una tarjeta del bolso—. Yo tuve que acudir a él el año pasado. Es un buen médico, pero no es barato.

Podría estar recomendándole un dentista, pensó Merida. Y, aunque agradecía su preocupación, se preguntó por primera vez si ella poseía la determinación necesaria para hacer carrera en el mundo del teatro.

—¿Y si no quisiera hacer eso?

—Entonces será mi nombre el que aparezca en el cartel —respondió Sabine, encogiéndose de hombros.

Lo había dicho sin malicia y era totalmente cierto.

Solo faltaban dos semanas y, sin duda, el papel de Belladonna iría a su suplente. Pero, aunque fuese un papel relativamente menor, era fundamental para Merida, para su carrera.

Pensó en el maravilloso papel al que había tenido que renunciar en Londres en el último momento...

No, no podía renunciar otra vez.

Una noche, la noche del estreno. Luego se lo contaría a Anton y se despediría con dignidad.

Ese se convirtió en su único objetivo.

Merida recuperó la energía y, un par de semanas después, cuando se sintió un poco más calmada, se armó de valor para llamar a Ethan.

Hizo falta mucha persuasión, pero por fin la pusieron con una mujer llamada Helene.

Merida se aclaró la garganta.

—¿Podría hablar con Ethan Devereux, por favor?

—¿Perdón?

—Ethan Devereux —repitió Merida.

—Sé quién es el señor Devereux —replicó Helene.

—¿Podría hablar con él, por favor?

—¿Sobre qué asunto?

—Es personal. ¿Podría decirle que Merida...?

—Si el señor Devereux quisiera seguir en contacto con usted se lo habría hecho saber —le espetó Helene.

Muy bien, ella había cumplido con su deber, pensó Merida. Ahora podía concentrarse en su papel de Belladonna.

Y eso hizo. Intentó olvidar a Ethan, y el embarazo, y puso su corazón y su alma en el papel.

Una noche con Ethan.

Una noche en Broadway.

Una semana antes del estreno hicieron la última prueba de vestuario. Todos habían puesto sangre, sudor y lágrimas y la función empezaba a tomar forma. De vuelta en su camerino, Sabine y ella pasaron las páginas del programa, encantadas mirando sus fotografías.

—Merida —Anton asomó la cabeza en el camerino—. ¿Puedo hablar contigo?

—Sí, claro.

—Perdónanos un momento, Sabine.

Sabine salió del camerino y Merida sonrió, pero el productor no le devolvió la sonrisa.

—Acabo de hablar con Rhoda, la sastra. Dice que ha tenido que ensanchar el busto de tu vestido y que has perdido peso.

—Todos hemos perdido peso —señaló Merida. Era cierto. Después de varias semanas de agotadores ensayos, todos estaban más delgados que cuando empezaron.

Pero eso no iba a engañar a Anton.

–No juegues conmigo –le advirtió el productor–. En algunas de tus escenas estás subida a un arnés y el seguro no cubre esto. Quiero una nota del médico diciendo que puedes hacer tu papel o lo hará Sabine.

–Anton, por favor. Esto no es razón...

–Hay cientos de razones y solo queda una semana para el estreno –la interrumpió él–. Encárgate de ello o tendrás que despedirte. Tú decides.

Fue una semana infernal y el médico no era particularmente afable.

–¿La fecha de su último período? –le preguntó con tono aburrido.

Merida cerró los ojos, intentando recordar.

–Estaba tomando la píldora, pero tomé una de ellas con unas horas de retraso.

–Para saber de cuánto tiempo está necesitamos saber la fecha de la concepción.

Eso era fácil y Merida se lo dijo. De hecho, podría haberle dicho hasta la hora.

–Entonces, catorce semanas –anunció el ginecólogo–. Está en el segundo trimestre.

El médico sin duda asumió por sus lágrimas que no era un embarazo planeado.

–¿Ha pensado en lo que quiere hacer?

–Voy a tener a mi hijo –respondió ella–. Aparte de eso, no sé qué voy a hacer con mi vida.

Salió de la consulta sabiendo la fecha en que saldría de cuentas, el catorce de diciembre, y citas para análisis de sangre y ecografías. De vuelta en casa, llamó a su mejor amiga y le contó quién era el padre de su hijo.

–Su nombre es Ethan Devereux –le contó a Naomi–. Pertenece a una familia de Nueva York muy conocida...

–He oído hablar de los Devereux. Dios mío, Merida, tienes que volver a casa.

–Lo sé. Ya he reservado vuelo.

–¿Cuándo llegarás?

–El viernes por la noche –respondió Merida. Se iría la noche del estreno y no era una coincidencia. Era insoportable estar en Nueva York la noche del estreno y ver que su sueño se le escapaba de las manos.

–Pero tengo que contárselo.

–Sí, supongo que sí –asintió su amiga–. ¿Pero no puedes hacerlo cuando estés des vuelta en Inglaterra, a una distancia segura?

–¿Distancia segura? Naomi, no sé si te he dado la impresión equivocada, pero Ethan se portó como un caballero.

–Durante una noche.

Merida suspiró. Cuanto más lo recordaba, menos le parecía un simple revolcón de una noche. De verdad le había parecido una cita.

La mejor cita de su vida.

Pero si ese era el caso, ¿por qué no había vuelto a ponerse en contacto con ella?

–Será mejor que vuelvas a casa, Merida. Yo trabajo con ese tipo de gente y sé cómo son...

–Pero si no le conoces.

–Trabajo para gente rica y sé que cuando hay problemas solo hablan a través de sus abogados.

Merida podía oír el llanto de un bebé y ese sonido la aterrorizó. Ella no tenía ni dinero ni trabajo y no sabía lo que iba a hacer cuando volviese a Inglaterra.

–Tengo que colgar.

No podía alojarse con Naomi, que trabajaba de casa en casa, casi siempre fuera de Londres. Pensó ir a casa de su padre o de su madre, pero la idea le resultaba insoportable, de modo que buscó precios de hostales baratos.

Y se enfadó. Se enfadó con Ethan Devereux, que se había alejado de ella sin mirar atrás. Se enfadó con un hombre tan golfo que su ayudante tenía que filtrar las llamadas de sus numerosas amantes.

Tan furiosa estaba mientras hacía la maleta que intentó volver a hablar con él. Y, por supuesto, Helene se lo impidió.

—Dígale que la señorita Cartwright se marcha a Londres esta noche y que lo que pase a partir de este momento depende de él.

—Escúcheme, señorita Cartwright. No puede llamar amenazando...

—No, escúcheme usted —la interrumpió Merida—. Si Ethan no responde a mis llamadas tendrá que hablar con mi abogado.

Grandes palabras cuando apenas tenía dinero para el billete de avión. Había intentado hablar con él varias veces, pero también podían hacerlo desde diferentes lados del Atlántico. Y era culpa de Ethan.

Merida no había querido que todo terminase así. Le gustaría llamar a Helene para retractarse, pero era demasiado tarde.

Era demasiado tarde para todo.

Merida no podía dejar de pensar en el precioso vestido negro de terciopelo que debería llevar esa noche, en lugar del pantalón de yoga y la camiseta ancha. En la vida que iba a dejar atrás, en el teatro, en las flores que llegarían para el elenco. Había soñado con aquel día durante toda su vida, pero en lugar de eso tenía que tirar de su maleta por la angosta escalera y entrar en el restaurante para entregar sus llaves.

–Ah, Merida –dijo María, dándole un abrazo–. *Mi mancherai!*

–Yo también te echaré de menos.

Y era cierto. No solo echaría de menos a María sino a Nueva York. Paró un taxi y, una vez en el interior, miró por la ventanilla la ciudad que había sido su hogar durante más de un año.

El sitio donde casi había triunfado.

En un cruel giro del destino, como para recordarle todo lo que iba a perderse, el conductor pasó frente al teatro y, en lugar de cerrar los ojos como debería, Merida miró la puerta. Faltaba una hora para que empezase la función, pero ya había una larga cola de gente, como ocurría en todos los estrenos de Broadway.

Y sí, las flores habían empezado a llegar.

Le rompía el corazón no formar parte de aquello. Nunca volvería a tener una oportunidad como esa. A partir de aquel momento serían pañales y noches en vela, intentar cuidar de su hijo mientras trabajaba en algo en lo que no quería trabajar.

Pero querría a su hijo. Ya lo quería. De no ser así, estaría a punto de subir al escenario.

Sin darse cuenta, se llevó una mano al abdomen. Nada de aquello era culpa de su hijo y nunca, jamás, sabría lo difícil que había sido renunciar a su sueño.

Estaba hecho y era hora de seguir adelante.

Llamaría a Ethan desde Inglaterra.

Capítulo 8

LA NOCHE del estreno.

Los Devereux, todos con esmoquin, no se molestaron en sonreír para las cámaras mientras recorrían la alfombra roja.

Abe había llevado a su amante, Candice, que le perdonaba sus numerosas aventuras con la esperanza de conseguir un anillo de compromiso.

Jobe no había vuelto con Chantelle y Ethan no se había molestado en llevar a nadie. ¿Para qué? Desde el diagnóstico de su padre, todas sus citas habían terminado después de la cena. O, más bien, desde la noche con Merida. Pero no quería pensar en eso.

Ethan no era sentimental. Nunca lo había sido y seguía jurando que no lo sería nunca, pero estar en el teatro era difícil esa noche.

La echaba de menos.

No, no era eso, se dijo a sí mismo. Las cosas habían sido complicadas últimamente. A pesar del diagnóstico, Jobe iba a la oficina casi todos los días, pero al menos ahora el consejo de administración conocía la situación.

Mientras recorrían la alfombra roja todos los ojos estaban clavados en Jobe. Su pérdida de peso era innegable y cuando se sentaron en el palco Ethan notó que respiraba con dificultad.

Era un precioso teatro antiguo y el público alargaba el cuello para mirar a los apuestos Devereux. Ethan financiaba muchos proyectos artísticos y sabía que la protagonista y varios actores eran alumnos de una escuela de arte que él patrocinaba.

Distraído, echó un vistazo al programa. Un destello rojo en las fotos llamó su atención. Su pelo siempre llamaba la atención y la reconoció a pesar del pesado maquillaje.

Vestida de negro, estaba inclinada sobre otro actor, con una traviesa sonrisa en los labios.

Merida no solo había soñado con triunfar en Broadway, lo había hecho realidad.

Merida Cartwright – Belladonna

Leyó la información sobre ella y descubrió lo que ya sabía: era inglesa y tenía un título en Arte Dramático. Llevaba actuando desde los doce años, cuando consiguió un papel en una importante producción del West End londinense.

Ethan esbozó una sonrisa triste. En el programa no decían que había tenido que renunciar a su papel.

Siguió leyendo. Merida Cartwright se había mudado a Nueva York, había aparecido en una pequeña producción teatral...

Ethan sonrió al leer que había participado en una serie de televisión.

De modo que había conseguido el papel.

Recordó la mañana de la prueba y cómo le había parecido que era la última vez que el sol brillaba de verdad. Sí, era una mañana fría y nubosa, pero le había parecido que hacía sol. En cambio ahora, en verano, el mundo le parecía gris. El trabajo era infernal, viajando constantemente de Nueva York a Dubái, pero ese no era el problema. El problema era que echaba de menos a Merida.

En una ocasión, sin poder evitarlo, había llamado a la galería con la excusa de encargar una alfombra, pero un hombre con tono amargado le había dicho que Merida ya no trabajaba allí. Incluso se atrevió a comentar que solo había usado su trabajo en la galería como un trampolín.

Y Ethan se alegró por ella.

Por los altavoces recordaron a los espectadores que debían apagar los móviles y Ethan vio que tenía una llamada perdida de Helene, pero decidió apagarlo.

Si fuese tan fácil apagar los recuerdos.

Estaba deseando que se levantase el telón para ver a Merida. La había echado de menos... más de lo que le gustaría admitir.

Le llevaría flores después de la función, decidió. Y luego, después de la fiesta, tendrían una fiesta privada.

Habían pasado semanas. No, meses. Cuatro meses exactamente. Cuatro meses durmiendo solo.

Bueno, pues eso iba a terminar esa noche.

Entonces oyó otro anuncio por los altavoces:

—Esta noche, el papel de Belladonna será interpretado por Sabine...

No tenía sentido.

Era la noche del estreno, su gran noche en Broadway. Era imposible que Merida se la hubiese perdido... a menos que estuviese enferma. O tal vez esa noche iba a interpretar otro papel.

El telón se levantó y Ethan la buscó entre los actores. Cuando quedó claro que Merida no saldría al escenario decidió que no le interesaba la función.

—¿Dónde vas? —le preguntó su hermano cuando se levantó de la butaca.

Ethan no lo sabía.

Preguntó a los camareros del bar, pero nadie sabía nada y pensó ir entre bastidores para descubrir qué estaba pasando. Era imposible que Merida se perdiese su noche de estreno.

Fue a su casa, pero nadie respondió al timbre. Entonces la recordó saludando a la dueña del restaurante.

—Ah, Merida —dijo la mujer, sacudiendo la cabeza—. Acaba de irse.

—¿Cuándo volverá?

—No, no, se ha ido a Inglaterra. No tiene intención de volver.

Ethan se despidió a toda prisa y llamó a su ayudante.

—Helene, necesito que averigües un número de vuelo. Se trata de Merida Cartwright...

—Se ha ido a Londres esta noche —lo interrumpió ella.

—¿Cómo lo sabes?

—Eso es lo que quería decirte antes. Ha llamado un par de veces y yo siempre le daba largas, pero...

—¿Por qué no me has pasado las llamadas?

—¿Cuándo han cambiado las normas? —le espetó ella—. ¿Ahora tengo que pasarte a todas las mujeres que llamen?

—No —tuvo que admitir Ethan—. ¿Qué ha dicho?

—Parecía muy enfadada. Dijo que se iba a Londres y que a partir de ahora sabrías de ella por su abogado.

Ethan se quedó inmóvil. Era como si todos los coches hubieran apagado los motores de repente, como si las luces se hubiesen extinguido.

—Envíame su número —dijo por fin, con un tono aparentemente calmado, aunque su corazón galopaba dentro de su pecho.

La llamó, pero ella no respondió, de modo que volvió a llamar a Helene mientras iba hacia su coche y le pidió que averiguase el número de vuelo.

—Al aeropuerto Kennedy —le indicó a su chófer, preguntándose si el vuelo saldría del aeropuerto de La Guardia.

—¿Llegadas? —preguntó Edmund.

—No, salidas.

Qué horrible palabra, pensó Ethan.

—¿Sabe en qué compañía viaja?

—No tengo ni idea, pero Helene está intentando averiguarlo. Por el momento, vamos al aeropuerto.

Vio que Edmund hacía una comprensible mueca porque en el aeropuerto Kennedy había innumerables terminales. Ethan vivía en un mundo de jets privados donde no había colas o esperas. Sencillamente, entraba en la sala VIP y subía a su avión.

Helene volvió a llamar para decir que Merida no respondía al teléfono.

—Puede que ya haya subido al avión.

—Sigue intentándolo —dijo Ethan. Pero, aunque su voz sonaba firme, empezaba a estar desesperado.

Mientras atravesaban el túnel intentó recordar el nombre que había visto en la etiqueta de su maleta el día que estuvo en el estudio. Y por fin lo recordó. Tal vez viajaba con la misma compañía...

Le dijo al conductor el nombre de la aerolínea, esperando que fuera así. Y esperando que no se hubiera ido todavía.

Merida estaba en la cola de facturación. El aeropuerto era ruidoso, lleno de gente, y su vuelo se había retrasado, pero por fin la cola empezaba a moverse.

Seguía sin saber si estaba haciendo lo que debía. Marcharse de Nueva York era una agonía, no solo por su carrera sino por su vida y por los amigos que había hecho. Y marchándose estaba eliminando la posibilidad, por pequeña que fuese, de que Ethan volviera a ponerse en contacto con ella.

Había tenido meses para hacerlo, se recordó a sí misma.

Le dolía la cabeza, pero no sabía qué podía tomar estando embarazada...

Iba a tener un hijo, pensó, con el corazón acelerado. Seguía sin parecerle real.

Y tampoco era real la voz de Ethan llamándola.

—¡Merida!

Pero se volvió y allí estaba. Increíblemente apuesto con un esmoquin, sus ojos negros estaban clavados en ella mientras le indicaba impaciente que se acercase.

—¿Señorita...?

Por fin la llamaban para facturar la maleta.

Ethan acababa de confirmar lo que había sospechado: Merida estaba embarazada. Estaba muy delgada, pero sus pechos eran más grandes. Llevaba el pelo sujeto en un desaliñado moño y parecía muy pálida bajo las luces fluorescentes.

Debería estar bajo unos focos, pensó mientras se acercaba. Debería estar en el escenario cuando el telón se levantase, no allí, con una maleta a sus pies, a punto de irse de Nueva York.

—Ven —le dijo, como si esperase que lo obedeciese sin rechistar.

—Tengo que tomar un avión —replicó ella.

—No tienes que hacerlo.

—Señorita, hay mucha gente esperando —le increpó el empleado del mostrador.

–Tengo que irme.

–Merida, me has llamado amenazando con un abogado. Yo diría que tenemos que hablar, ¿no te parece?

–Sí, Ethan, tenemos que hablar, pero yo no puedo perder el vuelo...

–Si no vienes conmigo ahora mismo, te juro que te cargaré al hombro y te llevaré al coche –la amenazó él. Y lo haría. Desde luego que sí–. Si no podemos llegar a un acuerdo, te compraré otro billete.

Merida lo pensó un momento, pero sabía que al menos debía intentarlo. Para eso lo había llamado por teléfono.

Sin decir una palabra más, él tomó su maleta y se abrió paso entre la gente. Su coche estaba esperando en la puerta y, aunque no lo dijo, en realidad fue un alivio para Merida subir al lujoso vehículo con él. En las últimas semanas se había sentido tan sola.

Sobre el asiento podía ver el programa del teatro, como riéndose de ella.

–¿Has estado en el estreno?

–Sí –respondió él. Pero no iba a revelar lo que había sentido cuando se levantó el telón y supo que no iba a verla–. Acabo de saber que mi ayudante no me ha pasado ninguna de tus llamadas.

Merida tuvo que hacer un esfuerzo para no ponerse a llorar. No quería ser emotiva, pero no podía evitarlo. Mientras el coche se abría paso entre el tráfico, miró por la ventanilla sin dejar de pensar en cómo podría haber sido esa noche.

Cómo debería haber sido.

La noche del estreno, con Ethan viéndola en el escenario. Actuando mejor que nunca al saber que él estaba entre el público, esperándolo después en el camerino...

Así era como debería haber sido.

Se sentía como una refugiada mientras volvían al hotel, con Ethan tan apuesto vestido de esmoquin y ella con un pantalón de yoga y una camiseta.

–Buenas noches, señor Devereux –lo saludó el portero–. Buenas noches, señorita.

Ethan tomó su maleta, haciéndole un gesto al botones para que no se molestase, y se dirigió al ascensor.

Embarazada, pensó, mirándola en las paredes de espejo. Y luego se miró a sí mismo y le pareció raro que fuese el mismo hombre que unas horas antes. Aunque parecía el mismo, sentía como si hubiera sido golpeado por un rayo.

Nunca se había imaginado como padre y la idea lo aterrorizaba. Pensó en el desastre de su infancia, en su mala reputación, en su innata negativa a dejar que nadie entrase en su vida. Y un desierto emocional, en su opinión, no podía ser un buen padre.

–Uno tarda en acostumbrarse a la idea, ¿verdad? –dijo Merida.

Él no respondió. Dudaba que pudiese acostumbrarse algún día.

La única indicación de que no estaba tan sereno como parecía fue la palabrota que masculló cuando la tarjeta magnética no abrió la puerta a la primera.

Era raro estar de vuelta en la suite, pensó Merida. La última vez apenas podían dejar de tocarse, ahora estaban separados por varios metros mientras él servía dos copas de coñac.

–Yo no puedo beber.

Ethan se tomó su copa sin dejar de mirarla y Merida deseó, cuánto lo deseó, saber qué pasaba por su cabeza. Parecía tranquilo, como si no hubiera ido corriendo al aeropuerto después de descubrir que iba a ser padre.

—¿Tienes alguna duda de que sea mío? —le preguntó.

Merida podría haberlo abofeteado.

—¿De verdad tienes que preguntar eso?

—Sí, tengo que preguntarlo.

Las pruebas de ADN eran algo familiar para los Devereux. No para él personalmente, pero sí para Abe, aunque se había tratado de una falsa alarma. También había habido varias falsas alarmas con su padre, aunque menos en la última década.

—¿Es mío? —le preguntó de nuevo.

—Sí —respondió Merida—. No ha habido nadie más antes o después de esa noche. Era virgen, Ethan —le recordó.

—Dijiste que tomabas la píldora.

—Y así era. Solía tomarla cada noche, pero... —Merida levantó un poco la voz, enfadada—. Iba a tomarla cuando fui a mi estudio para cambiarme de ropa, pero se me olvidó. Y luego, cuando tú me dejaste plantada en el café, estaba tan disgustada que no volví a pensar en ello.

—¿Y ahora me amenazas con abogados?

—Solo dije eso porque tu ayudante no me permitía hablar contigo.

—Bueno, pues ahora estás hablando conmigo. ¿Por qué has esperado tanto, Merida? Podríamos haber mantenido esta conversación hace tres meses.

—Lo he descubierto hace poco... no, bueno, la verdad es que he intentado evitar esta conversación.

—¿Por qué?

—Porque, aunque no era mi intención quedar embarazada, tampoco quería abortar y algo me decía que tú ibas a sugerir que lo hiciese.

Ethan no dijo nada. Se limitó a mirarla con expresión indescifrable.

–¿Por qué te muestras tan frío? –le espetó ella entonces.

–Soy frío, Merida. Ya te lo advertí.

–No es verdad. La noche que nos conocimos...

–Quería acostarme contigo –la interrumpió él–. Y puedo ser encantador cuando quiero.

–¿Así que fingiste ser encantador? –Merida soltó una carcajada de incredulidad–. ¿Y por la mañana? ¿También estabas fingiendo?

Ethan no podía ni pensar en esa mañana, de modo que cambió de tema.

–¿Cuándo sales de cuentas?

–El catorce de diciembre.

Ese mismo año. Sería padre ese mismo año.

–No sé qué hacer –dijo Merida.

Parecía tan asustada como él, pero Ethan intentó disimular.

–Esto es lo que hay.

–¿Qué quieres decir con eso?

Que lidiaría con ello metódicamente, como lidiaba con cada drama que aparecía en su mesa.

Las emociones no ayudaban nada cuando había que tomar decisiones y debía preguntarse si Merida era tan inocente como parecía.

Sí, era virgen, ¿pero no lo habría visto como una oportunidad? Era una conjetura arrogante, pero desde niño sabía que debía tener cuidado. Las madres inscribían deliberadamente a sus hijas en los colegios a los que iban los Devereux y muchas jóvenes se habían matriculado en la universidad de Columbia cuando descubrieron que estudiaban allí.

–Me marcho –le dijo–. Creo que necesitas descansar y cenar algo...

–¿Te marchas? –lo interrumpió ella, atónita–. ¿Acabas de descubrir que estoy embarazada y te marchas?

–Me voy o podría decir algo que lamentaría después.

–¿Por ejemplo?

–Hablaremos mañana. Tú has tenido meses para hacerte a la idea, yo solo he tenido un par de horas –se limitó a decir Ethan–. Quiero que sepas que nunca te hubiera pedido que abortases, pero tampoco habría elegido esta situación.

–¿Y crees que yo sí?

–Duerme un poco. Volveré mañana, después de hablar con las personas con las que debo hablar...

–¡Habla conmigo! –estalló ella, con rabia contenida.

–Volveré mañana –repitió Ethan–. Entonces decidiremos qué hacer.

Hablaba como si fuera un juicio, pensó Merida mientras cerraba la puerta, un simple retraso en el procedimiento. Pero cuando se calmó un poco pensó que casi agradecía el aplazamiento.

Suspirando, abrió las cortinas y se tumbó en la cama, mirando el parque y recordando el día que grabó allí, en el puente, sin saber que volvería a ver a Ethan.

Y menos que volvería a estar en la suite.

«Esto es lo que hay».

Esas palabras la habían enfurecido, pero en ese momento la consolaban.

Ethan sabía que estaba embarazada.

Tendrían que partir de allí.

Capítulo 9

ETHAN no fue a su casa sino a la de Abe, que tenía una fantástica mansión en Greenwich Village.

—Siento molestarte...

—No me molestas.

—Díselo a Candice.

—No está aquí, la he llevado a su casa —dijo su hermano—. Entra.

—¿Cómo está Jobe? —le preguntó mientras Abe le servía un whisky.

—Ha aguantado hasta el final, pero estaba agotado. Y los periodistas se han dado cuenta de que ha perdido peso.

—Debe haber perdido más de quince kilos. ¿Por qué no puede quedarse en casa y descansar?

—Según él, no es el momento. Pero no habrás venido a hablar de eso, ¿verdad?

—No —Ethan miró a su hermano y, por un momento, se preguntó si había cometido un error al ir allí a pedirle consejo—. Conocí a una mujer hace unos meses, la noche que Jobe ingresó en el hospital. Es inglesa y... acabo de descubrir que está embarazada.

—Espero que le hayas dicho que el hijo no puede ser tuyo porque tú no serías tan idiota como para tener relaciones sin protección.

Ethan no dijo nada y Abe masculló una palabrota.

—Haz una prueba de ADN. Habla con Maurice...

—Es mío —lo interrumpió Ethan.

—¿Por qué lo sabes?

—Porque lo sé.

—¿Trabaja?

—Es actriz.

—De modo que está entrenada para ser convincente.

—Trabajaba en una galería de arte cuando la conocí. Pasé por allí porque me lo pidió Khalid y Merida me hizo una visita privada.

—Eso parece.

—No fue lo que tú crees.

—Está embarazada, ¿no? Entonces es precisamente lo que yo creo. Una actriz de tres al cuarto que vio una oportunidad de oro...

—Oye, espera un momento. Merida es buena actriz. Esta noche he descubierto que había conseguido un papel en *Bosque Nocturno*...

Pero eso no convenció a Abe.

—Me apuesto lo que quieras a que no había conseguido el papel cuando se acostó contigo.

Ethan podía ser cínico sobre las relaciones, pero Abe era despreciativo. Y tenía razón.

—¿Qué vas a hacer? —le preguntó su hermano.

—No lo sé, pero tengo que tomar una decisión. Merida ha tenido que renunciar a su papel en el teatro y se iba a Inglaterra cuando me enteré.

—A mí me parece una buena solución —dijo Abe, encogiéndose de hombros—. Dale dinero, ve a verla de vez en cuando, finge hacer lo que debes hacer.

Esas últimas palabras fueron como un puñetazo. Ethan se quedó mirando el líquido de color ámbar en su vaso, recordando cuando lo colocaban para las fotos, sonriendo para los periodistas. «Fingiendo», como Abe había descrito.

Y a su padre, tan arrogante como siempre, cerrando la puerta del estudio en cuanto los fotógrafos y reporteros se marchaban.

Intentó recordar a su madre y la perfecta infancia que había tenido antes de su muerte, pero no había ningún recuerdo. No recordaba nada, aparte de las fotos que decoraban las paredes de la casa familiar.

–No quiero que vivan en otro país –dijo por fin, pensando en lo cerca que había estado. Si hubiera llegado unos minutos después al aeropuerto, Merida y su hijo estarían en otro continente.

Merida y su hijo.

–Entonces, lo arreglaremos –dijo Abe–. Te va a costar una fortuna, pero...

–Estoy pensando casarme con ella.

–Estás loco.

Ethan no esperaba que su hermano le diese una palmadita en la espalda ante la revelación de que iba a ser padre, pero había esperado algo más.

Por supuesto, su hermano solo pensaba en el dinero.

–Habrá que redactar un contrato, pero ya estamos acostumbrados. ¿Cuántas veces hemos intervenido cuando Jobe quería ser demasiado generoso?

Ethan cerró los ojos.

–No te preocupes –dijo Abe–. Si es actriz, al menos sabrá sonreír para las cámaras. Y podría ser una buena manera de desviar la atención de la salud de Jobe. Los niños son una buena distracción.

–No sé cómo te soporta Candice.

–Me soporta porque le pago para que lo haga –respondió su hermano–. Es un acuerdo entre los dos.

Ella tiene un apartamento, una pensión mensual y, a cambio, me acompaña a eventos. Y, por supuesto, aparenta perdonar mis indiscreciones. A los accionistas les gusta la estabilidad y una acompañante fija a mi lado es algo estable. No es para siempre, claro. Imagino que pronto tendré que encontrar una alternativa, pero por el momento todos contentos.

—Pero tú no estás esperando un hijo.

—Por eso debes estar bien informado. Llama a Maurice y dile que vaya a la oficina... y que llame a Lewis.

Lewis era el director jurídico de la empresa y había tenido mucho trabajo desde la crisis de salud de Jobe.

—Muy bien.

—Y no hables con ella hasta que hayamos redactado el contrato.

Era el *modus operandi* de los Devereux: nunca iban a una reunión desarmados. Y nunca regalaban nada.

—Depende de ti que esto funcione —agregó su hermano—. Debes tenerlo todo bien atado para el día que este falso matrimonio termine.

Capítulo 10

ETHAN llamó a la puerta de la suite antes de entrar. Había platos sobre la mesa, de modo que Merida había cenado.

Ella estaba en el dormitorio, tumbada de lado, su pelo rojo extendido sobre las almohadas, su respiración pausada.

Tenía un aspecto tan sereno que, después de una larga noche con Maurice y Lewis, Ethan quería poner el cartel de *No Molestar*, desnudarse y meterse en la cama con ella. Ni siquiera para mantener relaciones, solo para olvidarse del mundo y compartir aquel momento de paz.

Pero no habría paz aquel día. Había escuchado a Lewis, pero, como su padre, había insistido en términos más generosos de los que el abogado recomendaba.

De tal palo, tal astilla, desde luego. Ethan recordó cómo había terminado el matrimonio de sus padres, con su madre huyendo de casa y falleciendo unas semanas después.

Merida y él tenían que estar preparados para el final de su matrimonio. Para Ethan, esa era la única certeza porque él sabía que nada duraba para siempre. No había una relación que lo hiciese dudar. Ni una sola.

Era más fácil creer que Merida lo había atrapado

que creer en la belleza de esa noche. Era más seguro de ese modo.

—¿Merida? –la llamó. Pero ella no se movió–. Merida –repitió.

Vio que abría los ojos verdes y lo miraba un momento, desorientada, con una sonrisa en los labios.

—Pensé que eras un auxiliar de vuelo con el desayuno.

—¿Qué tal has dormido? –le preguntó él.

—Mucho mejor de lo que esperaba. ¿Y tú?

—No he dormido.

Merida vio entonces que seguía llevando el esmoquin.

Ethan llamó al servicio de habitaciones y pidió el desayuno.

—¿No quieres vestirte antes de empezar?

—Hablas como si fuéramos a tener una reunión de negocios.

Él hizo una mueca, pero no le dijo que eso era precisamente.

Merida saltó de la cama para entrar en el cuarto de baño. Se lavó la cara y eligió un vestido ancho de color pálido. Luego, cuando oyó que llegaba el desayuno, se sujetó el pelo en una coleta y volvió al dormitorio.

Ethan le apartó una silla antes de abrir el maletín para sacar unos documentos. Merida había pensado mucho por la noche, mientras miraba la luna en el cielo.

—No estoy pidiéndote dinero...

Por alguna razón, eso lo hizo sonreír. No era una sonrisa amistosa, más bien privada, como si fuese una broma que solo él entendía.

—Quiero trabajar –insistió Merida.

–¿Como actriz?

–Claro.

–¿Y quién va a cuidar del niño mientras tú trabajas?

–No seré la primera madre trabajadora.

–Serás la primera madre trabajadora en la familia Devereux –dijo Ethan–. Porque la única solución es el matrimonio.

–Ethan, estamos en el siglo XXI. No tenemos que casarnos.

–Me da igual en qué siglo estemos. Quiero que mi hijo lleve mi apellido y me gustaría que naciese aquí. Los dos sabemos que este no es un matrimonio por amor. Ninguno de los dos se hace ilusiones tontas.

Lo había dicho como si fuera un hecho incontestable, sin notar que los ojos de Merida se habían llenado de lágrimas.

–El amor puede crecer... –empezó a decir.

–No somos plantas –la interrumpió Ethan.

–No, pero recuerda los amuletos. Los matrimonios de conveniencia a veces funcionan.

–Yo no creo en el amor.

Quería redactar un contrato, no sentarse a tomar café mientras discutían un sueño imposible. Había crecido protegiendo su corazón, rodeándolo de un muro de acero porque debía tener la cabeza fría.

–¿Y el bebé? –le preguntó Merida–. ¿Qué será del niño en ese mundo sin amor?

–No puedo responder a esa pregunta porque aún no conozco al bebé –respondió él–. ¿Qué esperabas? Nos acostamos juntos una noche y, por estupendo que fuera, eso no asegura que la relación vaya a durar.

Ethan intentaba no recordar lo estupenda que había sido esa noche porque sabía que el sexo era la parte más fácil.

–Mira, Merida. Tú cuida de ti misma, yo cuidaré de mí mismo y juntos haremos lo mejor para el bebé.

–¿Estás hablando de un contrato?

–Por supuesto.

–¿Y ese contrato incluye que nos acostemos juntos?

–Yo creo que un matrimonio debe ser consumado. Por supuesto que dormiremos juntos.

–¿Aunque no estemos enamorados?

–Hace unos meses eso no parecía importarte.

Merida se cruzó de brazos, enfadada y deseando poder refutar sus palabras. Para ella no había sido solo un revolcón. ¿Cómo se atrevía? Pero para él solo había sido eso.

–No te preocupes –dijo Ethan mientras le ofrecía el contrato–. Si alguno de los dos no cumple las condiciones del contrato lo pagará muy caro. Hemos pensado esto mucho...

–¿Quién? –lo interrumpió Merida.

–Un equipo ha trabajado conmigo durante toda la noche.

–¿Hablando de nosotros? –exclamó ella–. Anoche te pedí que hablases conmigo...

–Muy bien, dime qué crees que debemos hacer.

–Podríamos acostumbrarnos a la idea. Tal vez salir juntos.

–¿Te quedarías en Nueva York?

–Sí.

–¿Y dónde vivirías?

Merida tragó saliva.

–Tú tienes esta suite... –dijo, un poco avergonzada.

–Así que vivirías en un hotel de cinco estrellas. Imagino que necesitarías dinero. ¿Cuánto?

–Conseguiría un trabajo.

–Sí, porque encontrar trabajo estando embarazada es muy sencillo –se burló él.

–Volvería a la galería –sugirió Merida. Aunque dudaba que Reece le devolviese el puesto–. O trabajaría como camarera.

–¿Y el seguro médico? Imagino que no tienes seguro.

–No, no lo tengo –tuvo que reconocer ella.

–¿Y el bebé viviría en esta suite? ¿Tienes idea de lo ridículo que suena eso? Necesitamos un plan que beneficie a los dos porque, por el momento, tú tienes todas las cartas en la mano.

–¿Yo?

–Si no cumplo las condiciones del contrato, nada te impediría tomar un avión y volver a Inglaterra.

Eso era lo que había hecho su madre, irse. Pero aquello era diferente, se dijo a sí mismo.

–Un matrimonio de conveniencia será lo mejor para todos. Además, mi padre no está bien. Es un enfermo terminal.

–Lo siento.

–Nadie lo sabe y nadie debe saberlo por el momento – le advirtió Ethan.

–Ah, vaya, y yo pensando llamar a recepción para contarlo a los cuatro vientos.

–No tiene gracia.

–Estaba siendo sarcástica, no voy a decir nada –Merida suspiró–. ¿Desde cuándo lo sabes?

–Eso no importa.

Pero importaba porque, al parecer, en el tiempo que habían estado separados habían pasado muchas cosas.

–Como he dicho –siguió Ethan, con un tono tan formal que Merida casi esperaba ver a alguien to-

mando notas–. Tener un nieto en camino haría que
todo...

–Podría darle a tu padre algo de esperanza –dijo
Merida por él–. Algo por lo que luchar.

–Yo estaba pensando en los accionistas. Que haya
un nuevo Devereux en camino mostraría estabilidad.

Si hubo un momento en el que Ethan Devereux se
convirtió en un extraño para ella, fue ese. Pero había
sido advertida. No debería sorprenderle que fuese tan
frío y calculador.

–¿Quién eres? –le espetó–. ¿Qué ha sido del hombre al que conocí?

–El hombre al que conociste estaba tomándose una
noche libre –replicó él–. Yo soy así, Merida. Tal vez
deberías haber investigado un poco antes de acostarte
conmigo.

–¿Perdona?

–Tú eras una actriz sin trabajo cuando nos conocimos.
Incluso me dijiste que estabas desesperada. No estoy
diciendo que hayas quedado embarazada a propósito,
pero tampoco saliste corriendo para tomar la píldora.

Se sintió culpable al ver que ella palidecía, pero no
se echaría atrás. Aquello era demasiado importante
como para pensar en sentimientos heridos.

–Nunca te perdonaré por decir eso, Ethan.

–Me parece bien. No necesito que me perdones y
tampoco necesito vivir una farsa.

Le dijo que se divorciarían después de un año y
luego habló de pensiones alimenticias y apartamen-
tos, recitando los detalles mientras ella lo miraba,
perpleja.

–Es mejor dejarlo todo claro cuanto antes. Cuando
nuestro matrimonio termine, habremos llegado a un
acuerdo que nos convenga a los dos.

Merida tragó saliva. Sí, ella había sido la primera en mencionar a un abogado, pero una disputa por la custodia era lo último que quería para su hijo. Ella lo sabía mejor que nadie.

Ethan tenía razón. Lo mejor para el bebé sería quedarse en Nueva York y para eso necesitaba su ayuda económica.

¿Pero casarse?

—Quiero que me hijo lleve mi apellido —reiteró Ethan—. Y, como mi padre está muriéndose, me gustaría que el niño naciese aquí...

No terminó la frase y Merida pensó que su voz se había vuelto extrañamente ronca, pero su expresión era tan indescifrable como siempre.

—Tómate tu tiempo —le dijo, ofreciéndole el contrato.

Ella intentó leerlo, pero las palabras se convirtieron en un borrón. De repente, se había convertido en «la susodicha» y su hijo en «la persona a su cargo». No tenía que leer todas las páginas para saber que no había ninguna mención al amor.

—¿Quieres hacer alguna pregunta? —le preguntó Ethan unos minutos después.

—No, ninguna.

—Si me das la dirección de tus padres, yo me encargaré de que Helen les envíe los billetes para la ceremonia.

—Muy bien —murmuró ella.

—Entonces, creo que eso es todo.

Los ojos de Merida se empañaron. Y, aunque en su trabajo había aprendido a llorar cuando lo exigía el papel, debía haberse perdido la clase en la que enseñaban cómo parar porque las lágrimas no dejaban de rodar por su rostro.

–No me interesan las lágrimas de cocodrilo –dijo él con tono helado–. Y no te preocupes por tener que renunciar a tu carrera –agregó cuando firmó los papeles–. Acabas de conseguir el mejor papel de tu vida, el de amante esposa.

Capítulo 11

TODAS las novias estaban nerviosas el día de su boda, pero Merida sentía como si estuviera a punto de desmayarse.

Iba a ser una boda relámpago.

Consiguieron la licencia de matrimonio el lunes por la mañana y el martes, en la suite de Ethan, a Merida le castañeteaban los dientes mientras la preparaban para el papel de su vida.

–Quiero llevar el pelo suelto –le dijo al peluquero.

Pero Howard, el estilista, tenía otras ideas. Se lo alisarían y le harían un moño.

Cuando miró la larga hilera de fabulosos vestidos de novia y eligió uno de color lila de corte imperio que disimularía su embarazo, Howard se lo quitó de las manos con gesto horrorizado.

–Vas a casarte con un Devereux, querida, no a apuntarte al circo.

Sus rizos pelirrojos fueron alisados y sujetos en un elegante moño francés. Sus uñas pulidas y pintadas de color *nude*. Y el vestido que eligieron para ella era de un tono dorado muy pálido.

–No estoy segura –murmuró, mirándose al espejo. Pero Howard y sus ayudantes parecían muy complacidos.

–Es perfecto –dijo el estilista.

Unos minutos después, cuando la dejaron sola, Ethan entró en la habitación, más apuesto que nunca.

–Estás muy guapa –le dijo, aunque en el fondo pensaba que parecía una foto de color sepia, amortiguada, atenuada.

–Gracias. Tú también.

Recién afeitado, con un inmaculado traje de chaqueta de color oscuro y una corbata gris, estaba tan apuesto como siempre.

–¿No da mala suerte que nos veamos antes de la boda?

–Ya te he dicho que no soy supersticioso, pero quería darte esto. Acaba de llegar –respondió él, sacando un anillo del bolsillo de la chaqueta.

Sin cajita. Sin discurso. Sin momento romántico.

Era un fabuloso diamante de corte esmeralda y los ojos dc Merida se llenaron de lágrimas, pero intentó disimular porque no quería que la acusase de fingir otra vez.

–Cuando te pregunten dónde te propuse...

–Ya hemos hablado de eso –lo interrumpió ella mientras se ponía el anillo–. Nos conocimos en la galería de arte.

Era la verdad, solo habían alargado el plazo.

Bajaron en silencio en el ascensor y cuando las puertas se abrieron Ethan tomó su mano.

–Venga, vamos a hacerlo.

Lo decía como si fueran a un entierro.

Iba a ser una boda civil y en el mostrador tomaron sus datos y les dijeron que tendrían que esperar dos horas.

–Tenemos tiempo –dijo Ethan.

–¿Para qué?

–Lo verás más tarde.

El Ayuntamiento, descubrió Merida, era un sitio estupendo para pasar el rato. Había risas y lágrimas, familiares y amigos celebrando la boda de sus seres queridos. Pero los suyos no estaban allí.

No quería pensar en sus padres, de modo que observó a las nerviosas novias y tensos novios esperando para casarse, aunque algunos parecían relajados, disfrutando del momento.

Se sentaron en un banco, como si estuvieran en la consulta del médico.

—El fotógrafo llegara en cualquier momento —dijo Ethan entonces—. Él será nuestro testigo.

—Ah, claro.

Una pareja salía de la sala en ese momento. La mujer estaba embarazada y cuando se abrazó a su marido con lágrimas en los ojos Merida supo que Ethan y ella nunca serían así.

—¿Te lo estás pensando? —le preguntó él.

—Sí. ¿Y tú?

—No, yo no.

Estaba seguro de que aquello era lo que debían hacer. De hecho, se sentiría mucho mejor cuando el matrimonio fuese legal.

—Vamos, es nuestro turno.

Aunque no tenía ninguna expectativa, la ceremonia fue muy agradable. El celebrante era un auténtico neoyorquino que parecía encantado de tomar parte en aquello.

—Señor Devereux, es un placer. Señorita Cartwright... ¿puedo llamarla así por última vez?

Merida esbozó una sonrisa.

Era una novia preciosa, pensó Ethan. Se había pintado los labios con el carmín de color coral que llevaba el día que se conocieron y un rizo pelirrojo había escapado del moño.

–Va a salir bien –le dijo en voz baja, colocándole el rizo detrás de la oreja.

Merida sentía como si una bandada de gaviotas se hubiera posado en su pecho y tenía que hacer un esfuerzo sobrehumano para sonreír y parecer calmada. Pero cuando intercambiaron los anillos pensó que tal vez Ethan tenía razón, que tal vez todo iba a salir bien.

–Puede besar a la novia.

Ethan lo hizo. Y había pasado tanto tiempo desde la última vez que la besó.

Fue un beso mesurado, más sensual que tierno. Tocó sus brazos desnudos mientras la besaba y Merida tuvo que hacer un esfuerzo para no echarle los brazos al cuello. O ponerse de puntillas y besarlo con todas sus fuerzas.

Pero no hizo nada de eso. De hecho, luchó con todas sus fuerzas para besarlo como si estuviera en el escenario, sin sentir nada.

De repente, Merida dejó de pensar en la boda y empezó a pensar en la noche de bodas.

Y cuando Ethan la soltó, el brillo en sus ojos negros le dijo que él estaba pensando lo mismo. Había sido tan brusco, tan frío durante la reunión que había esperado lo mismo aquel día.

Necesitaba apartarse un poco para respirar. Ethan la convertía en un manojo de nervios y necesitaba un momento para recuperar la calma.

Aquel era un simple acuerdo que ella había aceptado por el bien de su hijo. Sin embargo, el beso de Ethan había puesto su mundo patas arriba.

Y allí estaba, sin tiempo para pensar. Porque ya era

la mujer de Ethan Devereux, con todo lo que eso significaba.

La entrada del Ayuntamiento se había llenado de curiosos y reporteros. Era como si todos los turistas y todos los neoyorquinos estuvieran mirando mientras Ethan Devereux abrazaba a su flamante esposa.

El fotógrafo que había sido testigo de la boda se colocó en la icónica escalinata del edificio y Merida sintió las manos de Ethan en su cintura.

–Hola, esposa –le dijo. Y eso la hizo sonreír.

–Hola, marido.

Merida estaba temblando, pero no por los nervios. Después de todo, estaba acostumbrada a interpretar para el público. Era su roce lo que la hacía temblar y el hecho de que estuvieran unidos por ese contrato que, en ese momento, no le parecía una mentira.

Él bloqueaba el sol y, sin embargo, iluminaba su mundo. Y cuando sus labios volvieron a encontrarse se olvidó del engaño, olvidó los términos del contrato y supo por qué había aceptado casarse con él. No era por los accionistas o porque su padre estuviese enfermo, ni siquiera para darle un hogar estable a su hijo.

Se había casado con él albergando la esperanza de recuperar lo que habían encontrado brevemente esa noche.

Una esperanza tonta quizá, pero era lo único que tenía.

–¿Dónde vamos ahora? –le preguntó mientras bajaban por la escalinata–. ¿Volvemos al hotel?

Su «discreta» boda estaba convirtiéndose en un espectáculo. Había calles cortadas y policías entre las vallas y la gente.

–Vamos allí –respondió Ethan, señalando el puente de Brooklyn.

–¿Para hacernos más fotografías?

–No, para cenar con mi familia y unos cuantos amigos –respondió Ethan mientras subían al coche–. He intentado traer a tus padres, pero estamos en pleno curso escolar...

Ella lo miró con un nudo en la garganta.

–Ya sé, tenían otros planes.

Estaba acostumbrada a que sus nuevas familias fueran lo primero.

–Merida...

–No pasa nada –dijo ella, intentando sonreír–. En fin, hay ciertas ventajas en una boda relámpago. La verdad es que siempre temía verlos en la misma habitación.

Era, pensó Merida, la boda más triste del mundo. El novio no la quería y sus padres estaban demasiado ocupados con sus nuevas vidas como para molestarse en ir a Nueva York.

–¿Por qué no los llamas? –sugirió él.

–No quiero que sepan cuánto me ha dolido que no vinieran. Da igual que este matrimonio no sea...

–¡Eduard! –la interrumpió él–. ¿Qué tal si nos haces una foto aquí?

–Lo siento –se disculpó Merida en voz baja.

–Cada vez que se te escape algo te interrumpiré con un beso.

Otro beso, otro momento que tendría que olvidar cuando intentase reunir las piezas de su corazón.

Soportaría aquel día, decidió mientras volvían al coche. Y soportaría la noche...

–¿Cuándo vuelves a trabajar? –le preguntó.

–Pasado mañana –respondió Ethan–. ¿Por qué?

Porque entonces podría respirar otra vez, podría pensar. Era imposible hacerlo cuando él estaba cerca.

–Ya hemos llegado.

Estaban en una elegante embarcación fluvial con una vista fabulosa de la ciudad. Todo Manhattan brillaba frente a ellos y el puente era como un arco iris dorado.

Bajaron a la cubierta inferior, donde esperaban los invitados, sentados a una mesa algo apartada y separada por un cordón. Mientras atravesaban la cubierta, los demás clientes miraban con curiosidad, encantados de encontrarse en medio de aquel exclusivo evento.

La mesa estaba adornada con velas y gardenias, su flor favorita, y los invitados levantaron sus copas cuando se acercaron.

–Merida, te presento a mi padre, Jobe.

–Meredith –dijo él.

–Merida –lo corrigió Ethan.

–Debes ser una mujer muy valiente para cargar con todos nosotros –bromeó Jobe Devereux.

–No creo que sea tan difícil –le devolvió ella la broma.

–Este es mi hermano, Abe –Ethan casi no tenía que presentarlo porque los dos hermanos eran muy parecidos.

Abe la besó en la mejilla.

–Te presento a mi pareja, Candice.

Candice era una rubia diminuta y preciosa, pero la sonrisa que esbozó no iluminaba sus ojos azules.

–¡Merida! –la saludó, dando un beso al aire–. Apenas sabemos nada de ti.

Su tono era tan cortante que casi hacía que Abe pareciese simpático, pero Merida no tenía tiempo de averiguar cuál era su problema porque había más manos que estrechar.

–El príncipe de Al-Zahan, Khalid –dijo Ethan.

Khalid, de Al-Zahan. Merida conocía ese nombre...

–Encantado de conocerte –dijo él–. Creo que puedo atribuirme el mérito de haberos presentado.

–Ah, claro, los amuletos de la galería eran de tu madre.

El hombre asintió.

–Me gusta vigilar mis cosas y le pedí a Ethan que fuese a la galería porque confío en su buen juicio. Él me dijo que estaban muy bien presentados.

Merida intentó sonreír, pero le dolía que su encuentro hubiera sido un engaño.

–Estabas poniéndome a prueba –le dijo mientras se sentaban a la mesa.

–¿Cuándo?

–La noche que nos conocimos. Khalid dice que fuiste a la galería para ver si los amuletos estaban bien presentados.

–Así es –asintió él, sin molestarse en disimular–. Khalid tenía la impresión de que no se hacía justicia a los amuletos y quería saber qué me parecía.

–¿Entonces no tenías ningún interés?

–¿Tú crees que yo tengo interés en casas de muñecas egipcias?

Le dolía más de lo que debería. No sabía por qué, pero que su encuentro no hubiera sido fortuito le dejaba un amargo sabor de boca. Y, aunque intentó encajar durante el banquete, se sentía como una intrusa.

–Fue sensacional –estaba diciendo Jobe–. ¡Qué noche!

Merida tardó un momento en percatarse de que estaban hablando de *Bosque Nocturno*, de la noche que debería haber sido suya.

–Ethan me ha dicho que eres actriz –comentó Jobe entonces.

Estaba intentando incluirla en la conversación, pero había conseguido el efecto contrario porque Merida se dio cuenta de que aquella gente no la conocía en absoluto. Y no tenía sentido que la conocieran porque un año más tarde ya no sería parte de la familia.

Necesitaba un respiro, decidió.

—Perdonad un momento...

Cuando salió del lavabo, en lugar de volver a la mesa se dirigió a la cubierta para admirar el paisaje. Miró la Estatua de la Libertad iluminada con un nudo en la garganta y luego estuvo a punto de llorar porque, por primera vez, notó que el niño se movía.

¿Dónde había un pañuelo cuando una lo necesitaba?

—¿Has salido a tomar el aire?

Era Jobe y Merida apartó las lágrimas de un manotazo, intentando sonreír.

—Sí, estaba un poco agobiada.

—Acabo de preguntarle a Ethan si ya se había roto el matrimonio.

Jobe debía saber que todo era una farsa. Sin duda, él había tenido que aprobar el contrato. En realidad, seguramente todos los invitados lo sabían. Eran unos pocos elegidos, el círculo íntimo de Ethan.

—Solía traer a Ethan y Abe al muelle cuando eran pequeños —dijo Jobe entonces—. Comprábamos una pizza y mirábamos pasar los barcos.

—¿Una excursión familiar?

—No, los tres solos. Elizabeth no venía. Entonces el muelle era un sitio peligroso, así que solo veníamos los chicos y yo. No tanto como me habría gustado porque siempre estaba trabajando. Sigo haciéndolo.

Debía tener poco más de sesenta años y, a pesar de las canas, seguía siendo elegante y apuesto. Y parecía amable. No solo había salido a la cubierta para ver cómo estaba sino que sacó un pañuelo del bolsillo y se lo ofreció.

—Gracias.

—Las bodas siempre son emotivas. Imagino que tu familia estará disgustada por habérsela perdido.

Merida dejó escapar un sollozo y Jobe hizo un gesto de disculpa.

—Perdona, no quería...

—No te preocupes, últimamente soy como un grifo.

—Es lógico. He oído que voy a tener que quedarme por aquí algún tiempo más si quiero saber si tengo un nieto o una nieta. ¿No quieres saberlo antes de que nazca?

—No pensaba hacerlo, pero... acabo de notar que se movía por primera vez.

—Entonces es que el bebé aprueba vuestro matrimonio. Yo lo apruebo, desde luego. ¿Quieres que volvamos dentro? Te confieso que estoy agotado.

Merida no había esperado encontrar uno aquel día, pero parecía que había encontrado un amigo.

—¿De qué estabas hablando con mi padre? —le preguntó Ethan—. Le dije que no hablase de la reunión con los accionistas...

—Me ha contado que solía traeros aquí a tu hermano y a ti —lo interrumpió Merida. Y yo le he dicho que acababa de notar que el niño se movía.

—¿Has sentido que se movía?

—Sí, por primera vez —respondió Merida, contenta al verlo sonreír—. Tu padre quería saber si íbamos a averiguar si es niño o niña.

—¿Y vamos a hacerlo?

—No lo sé.

Ethan buscó sus labios entonces y Merida olvidó

dónde estaban mientras compartían un suave y tierno beso.

Los invitados empezaron a golpear las copas con los cubiertos y ella parpadeó, sorprendida y un poco avergonzada.

Vio que Jobe los miraba con una sonrisa en los labios y, tonta que era, empezó a creer que podría haber esperanza para ellos.

Por fin, se hicieron más fotografías en la cubierta, con el deslumbrante horizonte tras ellos. Ethan la besó de nuevo... para las cámaras, por supuesto.

Si la amase, habría sido la boda perfecta.

Ethan parecía saber lo que sentía sin que ella lo dijera, porque cuando los rostros empezaron a volverse borrosos por el cansancio, él la tomó por la cintura.

–Vamos a casa.

Había fotógrafos esperándolos y el chófer se apresuró a abrir la puerta del coche. Merida sintió que entraba en un mundo al que no pertenecía, pero al que quería pertenecer.

Las luces y las sombras del puente creaban un efecto estroboscópico en su cara y Ethan tuvo que reconocer que aquella mujer le importaba más de lo que debería.

Pero no la conocía. Lo único que sabía de ella era que se iría. Un día, sencillamente Merida se iría. Estaba preparado para ello porque era inevitable, pero sintió que se le encogía el corazón.

Cuando llegaron a su casa los ojos de Merida se llenaron de lágrimas. No era por el maravilloso edificio sino porque los árboles del jardín que lo rodeaba estaban decorados con lucecitas y había tiestos con gardenias en la entrada.

—Ethan... —Merida no sabía qué decir.

Estaban lejos de la celebración, de los brindis, de los fotógrafos. Ahora, casi a medianoche, estaban solos.

Y Ethan había hecho eso para ella. Bueno, dudaba que lo hubiera hecho personalmente, pero en cualquier caso le tocaba el corazón.

Merida bajó del coche mirando el edificio y los adornos.

—Es precioso. De verdad.

—Y tú también —dijo Ethan, tomándola en brazos.

—Déjame en el suelo —protestó ella, riendo.

De repente, aunque hubiera sido una boda relámpago, estaba segura de que todo iba a salir bien.

El portero les abrió la puerta y Ethan la besó tan apasionadamente que Merida le echó los brazos al cuello.

¿Cuándo dejaría de excitarla?, se preguntó. Había deseado que estuvieran solos para hablar, para hacer planes, pero ahora se ahogaba en el beso. Y él siguió besándola mientras entraban en el ascensor. Las puertas se cerraron y el ascensor se detuvo...

Y también su corazón.

—Bueno, ya está —dijo él, dejándola en el suelo.

Merida se quedó desorientada y ligeramente mareada por el brusco cambio de actitud.

—Ya puedes dejar de actuar —agregó Ethan.

Capítulo 12

LAS PALABRAS de Ethan se repetían en su cabeza mientras entraban en el ático.

«Ya puedes dejar de actuar».

Por un momento había olvidado que era un matrimonio de conveniencia y no se le había ocurrido pensar que podría haber cámaras en el vestíbulo.

Ethan no parecía darse cuenta de que sus palabras habían sido una brutal bofetada. O tal vez sí porque frunció el ceño al ver su expresión.

–Vamos a la cama. Pareces agotada.

El ático tenía dos plantas, pero Merida no se molestó en mirar alrededor. Se sentía como entumecida mientras lo seguía por la escalera. El dormitorio principal ocupaba toda la planta superior, con las cortinas cerradas y unos muebles oscuros y pesados. Era una habitación muy masculina.

–Tienes una casa preciosa –comentó, sin saber qué decir.

–Tengo una mujer preciosa –respondió él, dejando su chaqueta sobre el respaldo de una silla.

–Pensé que habíamos dejado de actuar.

–Y así es. Solo estoy diciendo la verdad. Creo que todo ha ido bien, ¿no?

Merida lo observó mientras se quitaba la corbata, los zapatos, los calcetines, la camisa. Lo hacía todo sin dejar de mirarla.

–¿He sido convincente? –le preguntó, airada.

–Mucho. Espera, deja que te ayude.

Buscó la cremallera escondida del vestido y Merida cerró los ojos porque, a pesar de todo, anhelaba sus caricias. Quería darse la vuelta y estar entre sus brazos y tenía que luchar consigo misma para no hacerlo.

Bajo el vestido llevaba una combinación de seda dorada y Ethan se la quitó y la dejó caer al suelo, admirando los cambios en su cuerpo. Pasó una mano sobre su abdomen y la deslizó hacia abajo para quitarle las bragas.

Merida levantó los pies para deshacerse de ellas. Estaba temblando y agradecía la firmeza de sus brazos.

Cuando le quitó el sujetador, Ethan vio las rosadas aureolas y los pezones como dos botones, duros y prominentes.

El aire parecía echar chispas mientras acariciaba uno de ellos. Ella lo miraba, preguntándose cómo era capaz de encenderla con un simple roce.

–Ven a la cama –le dijo con voz ronca.

Podía culpar al contrato o al hecho de que un matrimonio tenía que ser consumado, pero cuando se metió en la cama con Ethan fue porque necesitaba hacerlo.

Mientras él se quitaba el pantalón admiró su precioso cuerpo desnudo. Pálido, de miembros largos, fibroso y duro. Se metió en la cama y, sin decir una palabra, se acercaron el uno al otro, buscando el calor de sus cuerpos desnudos.

Se apretaba contra él como una adicta, buscando sus labios. Ethan había esperado que aceptase el sexo como una mártir esa noche, pero era todo lo contrario.

Merida había estado ardiendo de deseo durante todo el día y era un alivio dejarse llevar. Más tarde pensaría cómo proceder, pero lo único que sabía en ese momento era que lo necesitaba.

Sus miembros se enredaron, sus lenguas se buscaron, inquisitivas. Estaba más que preparada cuando él la penetró.

La hizo suya como lo habría hecho la primera vez si Merida no hubiera sido virgen. No contra la pared, por supuesto. Pero era la primera mujer que llevaba a su cama y la tomó, ardiente y excitado, envolviendo las piernas en su cintura y empujando con fuerza.

Capítulo 13

MERIDA despertó en una cama vacía.
Aquel día terminaba su breve luna de miel y Ethan debía haberse ido a trabajar. No habían salido de la cama, aparte de algún breve viaje a la nevera o para ducharse juntos, en cuarenta y ocho horas.

Eran las seis de la mañana y experimentó una sensación de decadencia incluso antes de abrir los ojos, con una alianza en el dedo y un sugerente escozor entre las piernas.

Era la mujer de Ethan Devereux y estaba esperando un hijo.

Se tumbó de espaldas, sintiendo el aleteo que había sentido el día de su boda. Se llevó una mano al abdomen, pero el aleteo había cesado.

Sin saber qué hacer, Merida se levantó de la cama. En las raras ocasiones en las que había estado vestida durante esos días se había puesto camisas de Ethan. Su vestido de novia seguía tirado en el suelo, junto a la pálida combinación de seda que había llevado debajo. Se puso la combinación y miró por la ventana.

Aquel era su hogar, pero no conocía la dirección. Merida paseó por la casa, asombrada. Había una vista de postal de Manhattan desde todas las ventanas, pero no sabía dónde estaba exactamente.

La cocina podría aparecer en las páginas de una

revista de decoración. Era enorme, con electrodomésticos de acero brillante y una enorme mesa de madera oscura en el centro.

Era tan masculina como podía serlo una cocina.

En la nevera había varias bandejas de Barnaby's, de las que habían dado cuenta durante esos días, y algunos cartones de zumo y leche.

Después de tomar un vaso de zumo se sentó para leer los mensajes de amigos sorprendidos por su boda. Y no solo viejos amigos.

Reece la felicitaba de forma exageradamente efusiva. Incluso Anton, que se había enfadado con ella cuando dejó la función, enviaba felicitaciones y un críptico mensaje.

Ahora lo entiendo.

Merida frunció el ceño. Anton creía entender que había decidido tener a su hijo porque era hijo de Ethan Devereux.

Indignada, pasó rápidamente al siguiente mensaje.

Era de Naomi, pidiendo que la llamase y añadiendo: *espero que la prensa no te haya disgustado mucho.*

De modo que, por supuesto, Merida abrió una página de noticias.

Habían pasados dos días en la cama, sin saber nada del exterior, pero tenía que volver al mundo real.

¡Oro para los Devereux!

Merida miró la fotografía de los dos en la escalinata del Ayuntamiento y leyó el pie de foto. No lo decían, pero la implicación era evidente. Estaban llamándola buscavidas.

El artículo hablaba sobre su «fracasada carrera en el teatro» y eso la enfureció.

Una boda muy repentina, decía otro titular.

En la fotografía, el viento hacía que el vestido se pegase a su cuerpo, haciendo visible la razón para su matrimonio.

—No hagas caso.

Merida levantó la mirada. Ethan estaba a su lado, con un pantalón de chándal gris y una camiseta del mismo color. En ese momento descubrió dos cosas sobre su marido: que corría por las mañanas antes de ir a trabajar y que estaba guapísimo sudoroso y despeinado.

—Me pintan como una buscavidas.

—¿Y qué importa? —Ethan se encogió de hombros.

—¿Eso es todo lo que tienes que decir?

—Si tengo que opinar sobre todos los titulares que hablan sobre mí el desayuno va a ser interminable.

—Dicen que estoy embarazada.

—Porque lo estás.

—Nuestro hijo leerá esto algún día, Ethan —protestó ella—. Insinúan que soy una buscavidas, una actriz fracasada. ¿De dónde han sacado eso?

—No tengo ni idea —respondió él—. Aunque hablaré con Howard. No fue buena idea elegir un vestido dorado. Hasta un niño de cinco años habría visto dónde llevaría eso.

—¿Tú crees que soy una buscavidas?

Merida había sido lo bastante valiente como para preguntar y Ethan decidió responder con sinceridad.

—Me da igual que lo seas.

Todo estaba controlado y los porqués daban igual. Lo único que importaba era que estaban disfrutando el uno del otro.

Había pensado que su matrimonio sería un desastre, pero dos días después de casarse estaba encantado. El sexo era fabuloso y le gustaba charlar con ella, estar con ella. Había aparecido en su cabeza mientras corría y había vuelto a casa a toda velocidad para verla.

Había una conexión entre ellos y nunca había sentido algo así con nadie.

—Ven, te enseñaré la casa antes de irme.

—He echado un vistazo —dijo Merida—. Debería arreglar un poco la habitación...

—No digas bobadas, Rita vendrá enseguida.

—¿Rita?

—Mi ama de llaves —respondió Ethan—. Mientras corría, he estado pensado que si te pasara algo no podrías dar tu dirección. Estás a la vuelta de la esquina de la galería y a un par de manzanas de la casa de Jobe.

—¿Os veis a menudo?

—Nos vemos todos los días en la oficina —respondió Ethan—. No te preocupes, no vendrá por aquí.

—No me importa que venga. Me cae bien tu padre.

La primera planta del apartamento, orientada al sur, tenía un enorme salón con cortinas de color jade y preciosas alfombras. También había un comedor con una larga mesa brillante, una biblioteca, un despacho y dos cuartos para invitados.

—Llama a Howard —dijo Ethan mientras entraban en el dormitorio—. Él te ayudará a elegir la ropa.

—¿La ropa?

—Llegaste con una maleta —le recordó él.

Merida descubrió que el dormitorio no ocupaba todo el piso superior. Al final del pasillo había una puerta que no había visto hasta ese momento y, tras ella, una enorme habitación vacía con una claraboya en el techo.

—Es preciosa. ¿Por qué no está amueblada?

–Nunca he sabido qué hacer con esta habitación –admitió él–. Estaba pensando que podría ser el cuarto para el bebé y la niñera.

–No necesitamos una niñera.

–Merida, yo viajo mucho y tengo reuniones cuatro o cinco noches a la semana. Además, debo acudir a eventos a los que tú tendrás que acompañarme. Necesitarás una niñera y, cuanto tú te marches, también la necesitaré yo.

Así, como si nada, había dejado caer que su matrimonio era temporal.

–Hay sitio más que suficiente para dos camas y también para un cuarto de juegos, pero eso lo decidirás tú. Y no te preocupes, no cometeré el mismo error que mi padre. Las niñeras no son lo mío.

Lo había dicho con tono frívolo, pero Merida podía ver la tensión en su rostro.

–¿Le perdonarás algún día? Eso ocurrió hace muchos años.

–Sí, mi madre está enterrada desde hace veinticinco años para ser exactos.

No iba a decir nada más sobre el tema, de modo que siguió hablando de la habitación, señalando la claraboya.

–Puedes decorarla como quieras. O puedes contratar a un decorador, es tu decisión.

–Muy bien.

Cuando volvieron a la cocina, Ethan se acercó a ella para tomarla entre sus brazos. Y, por segunda vez en su vida, y solo ocurría cuando Merida estaba presente, sintió la tentación de no ir a trabajar.

Merida notó el cambio, no solo en él sino en ella misma. Se encendía tan rápidamente cuando Ethan la tocaba.

–Tengo que ducharme –dijo él entonces.

Parecía preguntarle con los ojos si quería acompañarlo, pero Merida declinó con dos palabras.

–Entonces, vete.

Estaba dolida porque se iba, pero sobre todo porque parecía creer que se había casado con él por su dinero y le daba igual.

Pero cuando la besaba se olvidaba de todo. Era como arcilla entre sus manos. Era tan viril y potente, tan dispuesto a hacerla suya en cualquier momento.

–Vamos, Merida –empezó a decir él, deslizando las manos entre sus muslos, donde estaba húmeda y caliente.

–Tienes que ducharte.

No lo empujó, solo se apartó. Ethan la miró guiñando los ojos, como intentando entender ese cambio de humor, pero luego salió de la cocina y volvió quince minutos después.

Con el pelo mojado y recién afeitado tenía un aspecto fantástico, pensó Merida, con una taza de café en la mano.

Ethan murmuró una palabrota cuando miró el móvil.

–Tengo que irme.

Volvía a ser el empresario al que había conocido, pero el beso y un decente apretón en el trasero le dijeron que retomarían lo que habían dejado a medias cuando volviese a casa.

Oyó que la puerta se cerraba y, por fin, después de la sorpresa de su proposición, de la boda relámpago y de los dos días en la cama, Merida miró alrededor.

Era un matrimonio sin amor.

Bueno, no sin amor. Ella estaba loca por Ethan. Si existía el amor a primera vista, eso era lo que le había pasado. Pero no podía pasar un año dependiendo de sus deseos. No podía entregarse una y otra vez sin recompensa para su corazón.

Un matrimonio sin amor solo podía funcionar si no había amor por ninguna de las partes, pero un amor no correspondido podría matarla.

Para ella era hacer el amor mientras para él solo era sexo.

Pues ya no.

Daba igual la angustia que sintiera, o sus sentimientos por él, para Ethan aquello solo era un contrato que incluía sexo.

Si pensaba que se había casado con una buscavidas, actuaría como tal.

Merida subió a la habitación para ducharse y luego miró la ropa que había llevado con ella.

Necesitaría mucho más que su falda de la suerte para sobrevivir a aquello, de modo que llamó a Howard y se puso a trabajar. O, más bien, a hacer el papel de esposa de un Devereux.

Ethan volvió a casa a las siete y encontró a su preciosa mujer con el pelo alisado y vestida con una elegante túnica gris. Aunque echaba de menos sus rizos, debía reconocer que estaba preciosa. Y, para rematar la sorpresa, el delicioso aroma del famoso *boeuf bourguignon* de Barnaby's flotaba por el apartamento.

—Me ha llamado Anton del Bosco —le dijo mientras se sentaban a la mesa—. Al parecer, alguien le ha dicho que me fui del teatro durante el estreno y nos ha invitado a los dos a ver otra función.

—No, gracias.

—Tenemos que ir, Merida. Tenemos que hacer este tipo de cosas.

–Yo prefiero no ver la función a la que tuve que renunciar. ¿Qué tal el día?

–Largo –admitió él–. Y necesito una noche larga.

–No te preocupes, no te molestaré. He llevado mis cosas a uno de los cuartos de invitados, el más grande...

–¿De qué estás hablando? –la interrumpió Ethan.

–Creo que debemos dormir en habitaciones separadas.

–¿No me digas?

–Hablo en serio, Ethan. Le diré a Rita que estamos reformando la habitación y cerraré la puerta con llave cuando ella esté aquí.

Lo había pensado mucho y, sencillamente, no podía entregarse noche tras noche a un hombre que pensaba tan mal de ella.

–¿Eso es lo que quieres?

–El matrimonio ha sido consumado. Acudiré a los eventos necesarios, me encargaré de la habitación del bebé y todo funcionará como una máquina bien engrasada cuando me marche.

Estaba decidida a tomarse muy en serio su papel. Sería la perfecta esposa de un Devereux, pero no olvidaría ni por un momento la razón por la que estaba allí. Iba a tener un hijo de Ethan, nada más.

–Haré todo lo que indica el contrato y todo lo que tú me pagas por hacer, pero no voy a ser tu fulana durante un año –agregó. Después, dejó el cuchillo y el tenedor sobre el plato y se levantó de la silla–. A partir de ahora, dormiremos en habitaciones separadas.

Capítulo 14

MERIDA hacía su nuevo papel a las mil maravillas.

Si hubiera un trofeo para esposas por contrato, sería para Merida Cartwright, que era ahora su difunto nombre artístico.

Salían juntos, se daban la mano en público y Merida lo miraba a los ojos con gesto de enamorada en las galas o las cenas benéficas. El embarazo siempre era discretamente disimulado con vestidos negros, azul marino o gris, y tenía un armario lleno de zapatos en varios tonos de beis.

«Que miren los diamantes», era la frase favorita de Howard.

Merida le dejaba hacer. Se negaba a permitir que le tiñese el pelo, pero aceptaba que se lo alisase y su melena siempre era lisa y brillante.

Y Ethan era un perfecto caballero. Bueno, un perfecto caballero más bien hosco, pero él se había casado con muy pocas expectativas.

El período de luna de miel había terminado. Una pena porque había sido una delicia, pero era un matrimonio de conveniencia y si ella no quería sexo tendría que arreglárselas él mismo.

Merida solía dormir hasta tarde mientras él se levantaba a las seis para correr y salía de casa a las siete. Era comprensible. Después de todo, estaba embarazada de siete meses.

En cuanto a las reformas, Merida parecía haber descubierto una vena de decoradora y se le daba de maravilla gastar su dinero.

–Van a cambiar el suelo de la escalera... –empezó a decir una noche, mientras iban a casa de su padre. Pero enseguida vaciló, pensando en el conductor. Nadie debía saber que dormían en habitaciones separadas.

Rita, el ama de llaves, debía saberlo, pero Ethan le pagaba suficiente como para que fuese discreta.

–Hay que pintar las paredes de nuestra habitación –agregó a toda prisa.

–Menos mal que sigo teniendo la suite del hotel –dijo Ethan, pensando en sus días de soltero. O, más bien, en la noche que había pasado allí con ella.

–No hace falta que vayamos al hotel –se apresuró a decir Merida.

–Claro que sí. No pienso quedarme en casa mientras la pintan –dijo él, amargado por su evidente rechazo. Merida no podía soportar la idea de dormir en la misma cama con él–. Yo dormiré en el sofá –le dijo en voz baja–. Querida –añadió, con tono amargo.

Merida tomó aire mientras miraba por la ventanilla las rojizas hojas de los árboles que parecían encendidas por el otoño.

Fue un viaje corto, apenas unas manzanas hasta la casa de su padre, pero no podían ir andando. Iban vestidos para una sesión de fotos y Ethan estaba tenso.

–Odio estas cosas –había dicho, pasando un dedo por el cuello de su camisa–. Solo es un artículo para una revista, pero harán algunas preguntas.

A Merida tampoco le apetecía una sesión de fotos, pero entendía que Jobe quisiera fotografías con su hijo y su nueva esposa. Aunque le gustaría que todo fuese menos formal y falso.

Pero a Jobe no le quedaba mucho tiempo. La semana siguiente empezaría con un nuevo tratamiento, pero estaba marchitándose ante sus ojos.

Jobe Devereux no había acudido a la reunión anual de los accionistas y había dejado su puesto en el consejo de administración una semana antes.

–Gracias a Dios por el pequeño. Estoy encantado –les había dicho. La noticia de que iba a tener un nieto parecía haberlo animado y los accionistas estaban satisfechos.

–Yo creo que tiene más que ver con el proyecto de Dubái que con el niño –había sugerido Merida.

–Bueno, sobre eso no vamos a ponernos de acuerdo –había replicado Jobe con una sonrisa.

Ethan había dicho lo mismo la noche que se conocieron. Los dos hombres eran tan parecidos y, sin embargo, aparte del trabajo, padre e hijo apenas intercambiaban una palabra.

El tiempo se les escapaba de las manos. No solo a Jobe sino a Ethan, que debería establecer algún tipo de vínculo con su padre. Si era posible hacerlo.

Cuando llegaron a la fabulosa residencia en la Quinta Avenida fueron informados de que el señor Devereux bajaría enseguida.

Abe y Candice estaban en el salón. Abe apoyado en la chimenea, con un vaso de whisky en la mano.

–Hola, Merida.

No se molestaron con besos al aire y Candice apenas la miró. Ethan y Abe charlaron sobre la Bolsa hasta que llegó el reportero con el fotógrafo y, mientras preparaban el salón, Merida salió al pasillo y se quedó mirando las fotografías que colgaban en la pared.

Elizabeth, la madre de Ethan, había sido una mujer preciosa.

La familia estaba sentada en un sofá de color azul pálido con cojines de seda perfectamente colocados. Elizabeth tenía en brazos a Ethan, recién nacido. Su largo pelo rubio caía sobre el hombro izquierdo y Ethan estaba colocado a su derecha. Jobe estaba sentado a su lado con gesto serio y Abe sobre las rodillas.

—¡Merida!

Ella se volvió con una sonrisa. Al menos Jobe se alegraba de verla. El hombre bajó despacio por la escalera y le dio un beso en la mejilla.

—Dime, Jobe, ¿quitas estas fotos cuando tienes una nueva esposa?

Su suegro soltó una carcajada.

—No, no, Elizabeth era la madre de mis chicos.

—¿Chicos? —repitió ella, enarcando una ceja.

—Siempre serán mis chicos. Espera a que tengas el tuyo.

Merida pensó en sus padres, con los que apenas tenía relación. Dudaba que hubiera fotografías de ella en las paredes de sus respectivas casas.

—Eres un buen padre, Jobe.

—Quería serlo.

Era una respuesta extraña, pero no dijo nada más antes de entrar en el salón.

Merida fue entrevistada por el reportero mientras el fotógrafo tomaba algunas fotos.

—Trabajabas en una galería de arte cuando conociste a Ethan, ¿verdad?

—Así es.

–¿Ethan solía ir por allí a menudo?

–Sí, claro. Había unos preciosos amuletos del príncipe Khalid de Al-Zahan...

Merida tenía las respuestas ensayadas y lo hacía de
maravilla. Reía, relajada, mientras le hacían fotografías.

Ethan la echaba de menos.

Y no solo el sexo. Echaba de menos los paseos por
la ciudad, compartir, charlar. En los días previos a la
boda, y los dos días siguientes, había sentido... en fin,
había sentido que podía con el mundo entero.

Había hecho lo que debía hacer, se dijo. Los dos
habían cumplido con su deber y cuando naciese el
bebé se divorciarían amistosamente.

Era una idea tan triste.

La sesión de fotos era interminable, pero por fin el
fotógrafo guardó la cámara. Abe y Candice se fueron
con él, pero el reportero seguía hablando con Merida.

–Me encantaría ver vuestra casa cuando hayan terminado las reformas y, por supuesto, cuando nazca el
bebé.

Ethan no dijo nada, pero no tenía la menor intención de dejar que entrase en su casa. No pensaba hacer pasar a su hijo...

Su hijo. Su hijo y el de Merida.

Se despidió del reportero en la puerta y, cuando se
dio la vuelta, las fotografías en la pared parecían
reírse de él. Odiaba estar allí porque el pasado parecía
enredarse en su corazón.

Recordaba otras sesiones de fotos, cómo le corta-
ban las uñas, el ruido del peine que le pasaban por el
pelo.

«Ethan, sonríe», le decía su madre en un afectuoso
tono, extraño en ella, mientras se sentaban en el perfecto sofá de seda azul.

Y luego recordó otro día. Otra mañana.

Meghan, su niñera, estaba gritando mientras subían por la escalera.

–¡Lo ha dejado en el coche! ¡Está muerto de frío!

Ethan recordaba que le había quitado la ropa a toda prisa y el agua caliente de la ducha en la espalda.

–¡Estaba dormido! –gritó su madre–. No me parecía bien despertarlo.

Él no había entendido por qué lloraba Meghan, pidiéndole perdón una y otra vez mientras lo secaba, cuando no había sido culpa suya. Recordaba que estaba temblando...

Ethan cerró los ojos, deseando que el recuerdo desapareciese.

Quería volver a la normalidad. O la extraña versión de normalidad que era ahora su vida con Merida.

Cuando entró en el salón su padre lo miró con gesto de extrañeza.

–¿Va todo bien? –le preguntó al verlo tan pálido.

–Sí, todo bien. ¿De qué hablabais?

–Le estaba preguntando a tu mujer por qué vais a un hotel cuando podríais alojaros aquí.

–Me fui de esta casa hace doce años y no tengo intención...

–Yo voy a pasar más tiempo en el hospital que aquí –lo interrumpió su padre–. No me gusta que la casa se quede vacía y no hay necesidad de que tu mujer embarazada vaya a un hotel.

Si su padre no estuviera muriéndose, Ethan le habría dicho dónde podía meterse esa idea, pero decidió morderse la lengua hasta que volvieron a casa.

–A mí me parece buena idea –insistió Merida.

–¿En serio? Bueno, como quieras, da igual.

–¿Qué quieres decir?

–Mañana me voy a Dubái.

–¿Durante cuánto tiempo?

–Cuatro semanas –respondió Ethan, inventándose un plazo.

–¿Tu padre está muriéndose y tú vas a estar fuera durante un mes?

–Él quiere que la empresa siga adelante y los hoteles no se construyen solos.

Sí, estaba huyendo, pero no podía alojarse en esa casa y estaba harto de aquella farsa de matrimonio. Estaba harto de las silenciosas cenas, de sonreír para las cámaras, de darse la mano en público y separarse en cuanto llegaban a casa.

Y no podía soportar que Merida durmiese en el cuarto de invitados.

–No podríamos dormir separados en casa de mi padre –le dijo.

–Rita sabe...

–Rita nació antes de que se inventara el sexo y cree que es normal que los matrimonios duerman separados –la interrumpió Ethan–. Pero mi padre tiene un ejército de empleados.

En realidad, le daba igual lo que pensaran los empleados. Era más bien su orgullo herido. Además, dormir con ella noche tras noche y no tocarla era sencillamente imposible.

–Eres tú quien quiere habitaciones separadas, así que voy a darte todo el espacio que necesites. ¿Un océano es suficiente espacio para ti?

Capítulo 15

A MERIDA le gustaba visitar a Jobe, que estaba recibiendo otra sesión de tratamiento con la esperanza de poder seguir allí cuando llegase su nieto.

—¿Cómo estás? —le preguntó, dándole un beso en la mejilla.

—Cansado —admitió Jobe—. ¿Cómo va todo? ¿Ya sabes si es niño o niña?

—No —respondió ella, mirando el tono macilento de su piel—. Pero podría pedirle a mi ginecólogo que viniese a hablar contigo.

—¿Harías eso por mí?

—Pues claro que sí —Merida estaba sonriendo, pero sus ojos se habían llenado de lágrimas y enterró la cara en un ramo de flores para disimular—. Son preciosas. ¿Quién es Chantelle? —le preguntó, mirando la tarjeta.

—Una ex.

—No parece que quiera seguir siendo una ex —sugirió ella—. Dice que está «desesperada por verte».

Si alguno de sus hijos hubiese leído la tarjeta, Jobe le habría echado una bronca, pero le gustaba Merida y la quería para su hijo. Quería que un matrimonio Devereux fuese feliz por fin.

Y, aunque no se lo había contado a nadie más, le dijo a Merida por qué había roto con Chantelle.

—No quería espectadores de mi muerte.

–¿Eso es lo que yo soy?

–Sí, pero tú eres de la familia.

Merida se sentó al borde de la cama y apretó su mano.

–Jobe...

–Me preocupan los chicos. Ethan menos, ahora que está contigo.

Jobe debía saber que el matrimonio era una farsa, pero tal vez era más consolador para él pensar que su hijo pequeño había sentado la cabeza y era feliz.

Aunque no fuese verdad.

–¿Echas de menos a Elizabeth? –le preguntó, invitándolo a hablar de su difunta esposa, la madre de sus hijos.

–Nunca –respondió él, dejándola sorprendida.

–Pero erais felices...

Tal vez era la morfina, o tal vez décadas de dolor escondido mientras se acercaba al final de su vida, pero por una vez Jobe no quería guardarse nada.

–Mi matrimonio con Elizabeth fue desastroso. Los peores años de mi vida.

Merida se quedó perpleja.

–Pero hay fotografías de Elizabeth por todas partes y siempre hablas bien de ella.

–No se habla mal de los muertos, ¿no? Es mejor para los chicos pensar que nos queríamos.

–¿Entonces no os queríais?

–La única persona a la que Elizabeth quería era a sí misma.

Y luego le contó algo más, una verdad. Una que Ethan y Abe deberían conocer.

Pero Jobe se negaba.

–Pienso llevármelo a la tumba.

Era una revelación con la que Merida no sabía qué hacer. O si podía hacer algo.

Ethan era tan circunspecto las raras veces que llamaba que mantener la fachada le costaba cada día más. Pero lo echaba de menos y cuando volvió a casa después de la visita se tumbó en la cama y admitió la verdad.

La familia Devereux era la familia que ella no había tenido nunca. No eran precisamente un ejemplo, pero habían estado en su boda. Jobe la llamaba todos los días para ver cómo se encontraba y Ethan, el marido que no la amaba, seguía derritiendo su corazón.

Incluso en la pantalla de un ordenador.

Esa noche llevaba una túnica y un turbante nada menos.

—No preguntes —le dijo a modo de saludo—. Te he llamado varias veces.

—He estado ocupada.

—¿Demasiado ocupada para contestar al teléfono?

—Así es.

Era cierto, había estado ocupada llorando y lo último que quería era que él viese sus lágrimas. Hacer el papel de buscavidas era más fácil que mostrarle lo que había en su corazón.

—¿Qué tal Dubái?

—Caluroso.

«Un infierno», pensó Ethan. Sus días de playboy habían terminado y mientras miraba a su mujer pensó: ¿quién podría imaginar que dormimos en habitaciones separadas?

—Tengo una cena con Khalid, pero antes quería hablar contigo.

—¿Sobre qué?

—Quería saber si habías encontrado una niñera.

—No, aún no, pero mi amiga Naomi es niñera de neonatos y estaba pensando pedirle que viniese a Nueva York durante un par de meses.

–¿Mi casa va a convertirse en un hostal para turistas ingleses? Muy bien. Si eso es más fácil para ti, pero tienes que encontrar una niñera permanente.

–Estoy intentándolo, pero son todas tan formales, tan estiradas.

–Dímelo a mí.

–¿Tus niñeras eran tan horribles?

–No, bueno, eran estrictas. Meghan era mi favorita, pero todos sabemos cómo terminó eso.

–Yo no lo sé –dijo Merida–. Solo sé lo que he leído en la prensa.

–Era muy agradable y, evidentemente, mi padre pensaba lo mismo –dijo Ethan–. La eché mucho de menos cuando se marchó.

Merida tragó saliva. Era la primera conversación sincera en meses y su primera revelación.

–Ethan... –empezó a decir. Tal vez no era su sitio porque solo era una esposa por contrato. Sin embargo, quisiera o no, era mucho más que eso en su corazón–. Tu padre no tiene buen aspecto. Yo creo que deberías volver a casa.

–Alguien tiene que trabajar. Hablo con él todos los días y me ha dicho que quiere que todo siga como siempre.

–No es lo mismo que verlo cara a cara.

No, no lo era.

Podía verla a ella y podía oír su voz, pero no era lo mismo que estar a su lado.

–Tu padre y tú tenéis que hacer las paces mientras haya tiempo.

–Déjalo, por favor.

Ethan no quería hablar de ello, de modo que Merida volvió a ponerse la máscara.

–Como quieras. Bueno, tengo que irme.

–No, espera –le pidió él. Por tensas que fueran las conversaciones, hablar con Merida era el mejor momento del día–. Aquí hay unos joyeros asombrosos. ¿Te gustaría...?

–¡No! –lo interrumpió ella. No quería que volviese cargado de joyas, solo quería que volviese a casa, aunque no se atrevía a decirlo en voz alta–. Tengo que cortar.

Ethan suspiró. ¿Qué había sido de la adorable pelirroja que lo hacía sonreír? Se había convertido en Candice, comprada y pagada para hacer un papel.

«Creo que deberías volver a casa».

Esas palabras daban vueltas en su cabeza porque sabía que era allí donde debía estar, pero había intentado hablar con su padre esa mañana y de lo único que Jobe quería hablar era del nuevo complejo hotelero.

Después de cancelar la cena con Khalid se tumbó en la cama, pensando en su infancia. Estaba empezando a recordar cosas sobre su madre... cosas que hacían que todo lo que había creído siempre fuese una mentira.

Sí, Elizabeth había sido una mujer preciosa, la favorita de la prensa. Todos decían que era amable y encantadora, y las fotografías en casa de su padre contaban la historia de una infancia maravillosa, pero solo eran fotografías colgadas en las paredes y palabras vacías que habían conformado sus recuerdos.

La televisión estaba encendida y, de repente, escuchó una voz que le resultaba familiar.

Merida.

Caminando por el puente de Gapstow con unos zapatos de tacón alto tan gastados que el metal rechinaba sobre el suelo con cada paso.

Casi no la reconoció. Físicamente sí, claro: su pelo

rojo sus preciosos ojos verdes. Pero tenía un aspecto hastiado, amargado, como si la luz de sus ojos se hubiera extinguido.

Tenía la imagen del papel que interpretaba, una prostituta cansada y ajada. Ethan pulsó el botón de rebobinar y la vio caminar hacia atrás.

Era una actriz brillante. Nunca la había visto sobre el escenario, pero mientras miraba la escena una y otra vez sintió como si hubiera recibido una información clave.

Recordaba lo que había dicho sobre sus padres el día de su boda. No quería que supieran el daño que le habían hecho...

¿Eso era lo que estaba haciendo, esconder su dolor bajo una máscara? ¿Fingirse una buscavidas cuando lo amaba desde el principio?

Tomó la Tablet y buscó las fotos que le había enviado la revista. De verdad era una buena actriz, pensó mientras ampliaba una de ellas. Ni siquiera el más atento espectador podría ver que la sonrisa no llegaba a sus ojos.

Ethan intentó compararlas con la Merida real, la que había visto la noche que se conocieron y la mañana que se despidieron. Antes del embarazo, antes del final de su carrera, antes de que la acusara de ser una buscavidas, antes del contrato.

El contrato que había creado un muro entre los dos y por el que Merida hacía el papel de esposa de la alta sociedad.

Ethan quería quitarle la máscara.

Si ella le daba una segunda oportunidad.

Capítulo 16

S U AVIÓN aterrizó a las dos de la madrugada, pero Ethan no le había contado a nadie que volvía a casa.

Por suerte, el código de la alarma seguía siendo el mismo. Incluso de joven tenía su propia ala de la casa y rara vez se cruzaba con su padre o con su novia de turno. Abe se había ido de casa a los dieciocho años y Ethan había hecho lo mismo.

Por supuesto, iba allí en ocasiones para celebrar cócteles, cenas o sesiones fotográficas. Sin embargo, hacía doce años que no dormía allí. Doce años que no subía por esa escalera, con las paredes llenas de fotografías, de recuerdos.

Era como una provocación.

Aunque intentó no hacer ruido, cuando abrió la puerta del dormitorio Merida levantó la cabeza.

—¿Has vuelto?

—Sí.

Merida sabía que debía tener un aspecto horrible. Se había dormido llorando y no quería que la viese así.

—Pensé que no volvías hasta la semana que viene.

—Echaba de menos a mi amante esposa.

Sin duda, ella pensaría que estaba siendo sarcástico, pero lo había dicho en serio. No que ella fuese su amante esposa, sino que la había echado de menos.

Su abultado vientre era más visible que antes bajo la sábana y tenía los ojos un poco enrojecidos.

Ethan se quitó la chaqueta y la dejó sobre una silla.

—¿Por qué has vuelto antes? —le preguntó ella.

—Porque, lo creas o no, algunas veces te hago caso. Y tienes razón, nada va a solucionarse si estoy en Dubái.

—¿Has venido para ver a tu padre?

—Sí.

Entre otras cosas. Pero Ethan quería estar seguro de que Merida no era el frío personaje que interpretaba antes de decírselo. Seguía sin creer en el amor, pero estaba dispuesto a probar.

—Tienes el pelo muy bonito.

—Me acosté con el pelo mojado.

—Yo lo prefiero así.

—¿En serio? Howard dice que debería teñírmelo de rubio.

—Despídelo —dijo Ethan—. Si no te gustan sus sugerencias, recuérdale quién es la jefa. Se supone que debe hacerte la vida más fácil, no convertirte en otra Candice.

Ethan se sentó al borde de la cama y Merida deseó que no lo hubiera hecho. No porque estuviese demasiado cerca sino porque cuando estaba tan cerca le rompía el corazón apartarse de él. Se había quitado la camisa y ella estaba desnuda bajo la sábana, de modo que decidió hablar sobre cosas más prácticas.

—Mi ginecólogo va a decirle a Jobe si vamos a tener un hijo o una hija.

—Puede que se le escape. Recuerda que toma un cóctel de drogas.

—No sería el fin del mundo. A mí me parece bien que esté interesado en saberlo.

–Sí, supongo que tienes razón.

–Creo que he encontrado una niñera. La he entrevistado esta tarde. Es joven y simpática...

–No tienes que preocuparte en ese aspecto porque la historia no va a repetirse. Yo no voy a hacer lo que hizo mi padre.

–No, la historia no va a repetirse porque si te acuestas con la niñera yo no me iré al Caribe dejando atrás a mi hijo. Serás tú el que se marche, eso es lo que dice el contrato...

Ethan enterró la cara entre las manos y Merida tuvo que apretar los puños para no abrazarlo.

–¿Qué ocurre?

–Estoy empezando a recordar.

–¿Recordar qué?

–A mi madre –respondió él, mirándola a los ojos–. No quiero hablar de ello ahora, pero quiero que sepas que yo no voy a engañarte.

–Ya lo has hecho, Ethan. He visto fotografías tuyas en la gala con esa mujer. Y ha habido otras en el tiempo que hemos estado separados.

–No me he acostado con ninguna de ellas.

–Mentiroso.

–Yo no necesito mentir.

Ethan se inclinó para poner una mano sobre su abdomen, que había crecido de modo impresionante en esas tres semanas.

–No serán mellizos, ¿verdad?

–No, no. Me he hecho dos ecografías.

–Lo sé, pero ese amuleto que tomé en la galería...

–Siempre has dicho que no eras supersticioso.

–Y no suelo serlo, pero quedaste embarazada esa noche.

Ella esbozó una sonrisa.

—No son mellizos.

Se quedaron así, tumbados uno al lado del otro, en silencio, como los futuros padres que eran, notando cómo se movía el bebé.

—¿Qué te dijo el ginecólogo en la última visita? –le preguntó Ethan después de unos segundos.

—Que todo va bien y que el dolor de espalda es normal.

—¿Te duele la espalda?

—Un poco, la parte baja. Puede que sean los pies del bebé.

—Son los ligamentos estirándose en preparación.

Ethan se volvió hacia ella con una sonrisa de triunfo en los labios y Merida no pudo evitar devolvérsela.

—¿Has estado leyendo sobre el embarazo?

—Así es.

—¿Cuándo?

—Como soy un hombre casado y no podía irme de discotecas en Dubái, compré un libro en el aeropuerto. Y te aseguro que me dio pánico. Por cierto, ¿has hablado con Naomi?

—Sí, vendrá el día uno de diciembre y se quedará hasta finales de enero.

—Muy bien.

El bebé había dejado de moverse y Merida apartó su mano.

Ethan apagó la luz y lo oyó quitarse el pantalón antes de meterse bajo la sábana.

—Te he visto en televisión –dijo entonces, en la oscuridad.

Merida se tumbó de lado sin decir nada.

—Lo hacías muy bien.

Merida seguía sin decir nada. Era más seguro fingir que dormía.

Ethan nunca intentaba engatusarla, pero sabía que ella quería hacer el amor tanto como él porque el aire bajo la sábana zumbaba de deseo.

Siempre se habían entendido en el dormitorio y eso tenía que contar. Aunque ella mantuviese alta la guardia en otros aspectos, sabía que en el dormitorio tenía ventaja.

–¿Dónde te duele? –le preguntó mientras pasaba una mano por su espina dorsal.

Merida tragó saliva. Sus caricias no eran un remedio. De hecho, todo lo contrario.

–Ahí –dijo por fin cuando puso la mano en la parte baja de su espalda.

Ethan la tocó con sus largos dedos mientras ella cerraba los ojos, pero el masaje no la relajó.

–¿Esto te ayuda? –le preguntó, apoyando el dorso de la mano en su espalda.

Merida apenas podía respirar, de modo que se limitó a asentir con la cabeza. Tuvo que apretar los dientes cuando notó el roce de sus labios sobre un hombro, pero no le dijo que parase.

Su respiración era jadeante mientras deslizaba una mano sobre sus pechos, rozando un pezón y apretándolo suavemente entre el índice y el pulgar.

Podía sentir el roce de su erección, dura y ardiente.

–Merida...

Ella giró la cabeza para mirarlo y, sin querer, rozó su mejilla con los labios. Ese roce hizo que cerrase los ojos de nuevo.

Contener su deseo era como intentar contener la marea y, sin embargo, luchó con cada fibra de su ser. Desde las manos, que anhelaban tocarlo, a la garganta, que se cerró con un sollozo porque quería gritar.

Solo quería despojarse de toda pretensión y girar la cabeza hacia él para besarlo.

—He leído otra cosa —dijo Ethan entonces, deslizando la mano por el abultado abdomen hasta el triángulo entre sus piernas.

—¿Qué?

—Que a algunas mujeres el embarazo las excita como nunca.

Merida apretó los labios cuando empezó a acariciarla íntimamente con los dedos. La llevó al borde del abismo, besándola apasionadamente al mismo tiempo. Merida tuvo que hacer un esfuerzo sobrehumano para no gritar cuando se deslizó en su interior.

Era un gozo profundo, sensual. La acariciaba con los dedos mientras se movía adelante y atrás, enterrando la cara en su pelo. Cuando empezó a empujar con más fuerza, Merida se dio cuenta de que casi había olvidado el poder que tenía sobre ella.

¿Cómo podía excitarla de ese modo cuando ella odiaba en lo que se habían convertido?

Mientras se hundía en ella una y otra vez tenía que hacer un esfuerzo para no terminar.

—Merida... —murmuró Ethan, a punto de explotar.

Pero ella no se dejaba ir.

Aquel era el sexo de mártir que había esperado en su noche de bodas, pero le daba igual. No terminaría hasta que ella lo hiciese.

Mientras el sol se levantaba sobre la ciudad, la puso de rodillas en la cama y la tomó por detrás con dolorosa lentitud.

Merida, agarrada al cabecero, sollozaba y gemía intentando contenerse.

—Vamos, cariño —la animó él—. Puedes volver a odiarme por la mañana.

Fue como si le diera permiso y Merida se dejó ir. Sintió una descarga en la espina dorsal y se arqueó, experimentando un orgasmo tan profundo que Ethan gimió mientras la llenaba, sintiendo la presión de sus músculos.

Nunca, ni por un momento, dudaría de su amor.

Solo tenía que encontrar un modo de llegar a ella.

En lugar de quedarse tumbada entre sus brazos, Merida saltó de la cama y se dirigió a la ducha. Horrorizada por su falta de control, juró no volver a bajar la guardia nunca más.

Pero mentiría si jurase que podría resistirse a sus caricias.

Capítulo 17

SE ENCONTRABAN por las noches y, como un oscuro secreto, tras la puerta cerrada, Ethan le hacía el amor una otra vez.

Y ella le hacía el amor.

Por el día se gastaba su dinero y hacía el papel de buscavidas, pero por la noche lo esperaba en la cama.

Esa noche, sin embargo, tenían que acudir a un evento. El último porque al día siguiente llegaría Naomi.

Merida se miró al espejo, suspirando. Iban a un estreno en Broadway. No a ver *Bosque Nocturno*, por supuesto, pero la idea de ir al teatro la ponía nerviosa porque, aunque no lo había demostrado y nunca hablaba de ello, le había dolido en el alma tener que renunciar a su papel.

Se puso un vestido de color naranja que iba de maravilla con su pelo rojo y unas botas negras y se miró al espejo por última vez.

—Estoy lista —anunció mientras bajaba por la escalera.

Ethan pensó que nunca la había visto más bella que esa noche. Aunque estaba embarazada de casi nueve meses.

—¡Vaya! —exclamó.

Sencillamente.

—He despedido a Howard —dijo ella entonces.

—Bien hecho.

—Y he comprado un vestuario nuevo.

—Me alegro por ti.

No era solo la cama lo que Ethan tenía en mente esa noche. Quería a Merida, la auténtica, la que se le escapaba. Sabía que le había hecho daño, pero esperaba saber dónde encontrarla...

—Ha habido un cambio de planes, vamos a ver *Bosque Nocturno*.

—Pensé que íbamos a ver...

—Sí, bueno, Helene se equivocó con las entradas y, de todas formas, yo tenía ganas de ir porque me perdí el estreno. Ah, y le he dicho a Jobe que pasaríamos a verlo de camino.

—Muy bien —asintió Merida—. Voy a buscar mi abrigo.

Estaba nevando mientras el coche se dirigía al hospital. Ethan siempre estaba tenso cuando visitaba a su padre, pero esa noche Jobe los recibió con una sonrisa.

—¿Por fin vas a ver la función? —le preguntó.

—Así es —respondió Merida, sonriendo, aunque por dentro estaba temblando. No solo por ir al teatro sino porque la piel de Jobe tenía un aspecto macilento.

Ethan vio a Merida sentarse al borde de la cama y se preguntó cómo lo hacía, cómo podía estar tan cómoda en aquella habitación cuando él estaba angustiado, cada pitido de las máquinas haciendo que diese un respingo.

Aunque disimulaba. También él era un buen actor.

Y tal vez Merida no estaba tan serena como parecía porque unos minutos después se levantó de la cama y empezó a colocar las flores de un jarrón.

—Son bonitas. ¿De Chantelle?

Jobe asintió con la cabeza.

—Deja que venga a verte.

—Ya te dije que no quería espectadores –replicó Jobe, volviéndose hacia Ethan–. ¿Has hablado con Maurice?

—No.

—Porque quiero que...

—Papá –empezó a decir Ethan. «Papá», no Jobe–. No he venido para hablar del trabajo.

No sabía qué decir, cómo llenar el silencio de la habitación porque el trabajo era lo único que tenían en común.

Fue Merida quien se encargó de aliviar la tensión.

—¿Mi ginecólogo vino a verte? –le preguntó.

—Así es.

—¿Y qué te ha dicho?

—Nada. Le dije que no tenía que contarme si era niño o niña porque pensaba quedarme hasta averiguarlo por mí mismo.

Ethan no estaba tan seguro.

—Volveré mañana.

—Tienes la reunión del consejo de administración y...

—Tenemos que irnos, papá.

El teatro estaba lleno de gente, pero en lugar de subir al palco fueron al patio de butacas, en la fila cuatro.

Estaban tan cerca del escenario que Merida casi podía alargar la mano y tocarlo.

—¿Qué sientes al estar de vuelta aquí?

—Estoy bien –respondió ella encogiéndose de hombros–. Deseando ver la función.

No era verdad. De hecho, sentía pánico. Su fotografía ya no estaba en el programa, por supuesto, y eso le rompió el corazón. Se apagaron las luces, el telón se levantó y vio pájaros aleteando y la noche descender sobre el precioso bosque.

Como había descendido sobre su carrera.

Miró a Ethan y vio que estaba concentrado en la función, ajeno a su angustia.

No era así.

Ethan la vio buscar un pañuelo en el bolso, pero no se movió. Porque, igual que él tenía que enfrentarse con su padre, y lo haría al día siguiente, Merida tenía que enfrentarse con aquello.

La función era preciosa, fabulosa, y Merida tenía todo el derecho a llorar por haber tenido que renunciar a su papel. Sin embargo, nunca se lo había echado en cara.

Ethan apretó su mano y, por un momento, ella le devolvió el apretón en un raro momento de intimidad fuera del dormitorio.

Ah, pero era normal porque estaban en público, pensó Merida, apartando la mano.

Pero luego él le ofreció un pañuelo, como había hecho Jobe el día de su boda, y apretó su mano como si no quisiera soltarla nunca.

Cuando Belladonna salió al escenario, Merida apoyó la cabeza en su hombro.

—Volverás —susurró Ethan.

—No lo creo.

—Yo creo que sí.

Al día siguiente hablaría con su padre, pero esa noche era para ellos. Tenía que ser esa noche porque Naomi llegaría al día siguiente y, en un par de semanas, nacería su hijo.

Estaba siendo cruel por su propio bien. O eso pensaba. La había llevado allí para que pudiera despedirse del teatro durante un tiempo y, con un poco de suerte, empezar de cero.

Pero Merida estaba apartándose.

Merida sintió una punzada en el estómago y cambió de postura. Estaba más que acostumbrada, pero al contrario que otras veces el dolor parecía reflejarse en su espalda.

Y entonces, cuando las luces se encendieron para el entreacto, sintió una contracción.

—Lo echas de menos, ¿verdad? —le preguntó Ethan. Pero su voz parecía llegar desde muy lejos—. ¿Merida? Sé que lo echas de menos, pero...

—Lo que yo sienta o piense no es parte del contrato —lo interrumpió ella con un tono más seco del que pretendía—. Tú no tienes derecho a saber lo que siento.

—No entiendo lo que dices.

—No puedes tenerlo todo, Ethan. No puedes tener cada parte de mí porque necesito que quede algo cuando todo esto haya terminado...

No podían seguir hablando allí, en medio de tanta gente. La máscara que había creado, la de la mujer fría y perfecta esposa de la alta sociedad estaba empezando a resquebrajarse.

Se sentía perdida en un mar de aguas turbulentas, sin nada a lo que agarrarse.

—Estoy bien —dijo al ver que él la miraba con gesto de preocupación. Pero no podría aguantar el segundo acto. Solo quería marcharse, estar sola—. Perdona, vuelvo enseguida.

No iba al lavabo, aunque eso era lo que Ethan debía pensar. En lugar de eso, se abrió paso entre los espectadores que reían y tomaban copas en el bar, y salió a la calle.

Aún no había anochecido y se quedó allí un momento, sin saber qué hacer.

–Merida...

–Vuelve al teatro, Ethan –dijo ella, intentando contener las lágrimas.

–¿Estás de parto?

–¡No! No puede ser. No quiero que el niño nazca ahora.

–¿Por qué no?

–Porque no estoy preparada.

Él podría haberle recordado que la niñera llegaría al día siguiente, que el conductor estaba esperando y que las reformas casi habían terminado, pero decidió que no era el momento de discutir.

–Estaremos preparados –afirmó, tomándola del brazo–. Te lo prometo.

Capítulo 18

ERA ALGO muy extraño tener a su padre en un ala del hospital, en los momentos finales de su vida, y un hijo a punto de nacer en la otra.

–No estamos preparados –repetía Merida.

–Según el ginecólogo, aún te queda mucho –dijo Ethan, aunque seguramente no era el momento de hacer bromas sobre los tres centímetros de dilatación–. Merida, estamos preparados. He estado pensando mucho y...

–No puedo hacer esto ahora.

Sabía que en cualquier momento le confesaría cuánto lo quería y ver a su mujer de parto, rogándole que la amase y que siguieran casados, haría que él accediese. Porque Ethan Devereux era una buena persona.

Incluso podrían ser felices durante algún tiempo.

Pero Ethan no la quería como lo quería ella, con un amor ardiente, apasionado, y Merida no quería migajas.

–Venga, vete a casa, tienes que dormir un rato.

–No pienso irme –insistió Ethan.

–Entonces, ve a ver a tu padre.

–Es casi medianoche.

–Dudo que a él le importe la hora cuando esta podría ser su última noche. Venga, ve a verlo.

Y Ethan no tuvo más remedio que aceptar.

–Volveré a las seis, a menos que haya algún cambio.

Ethan habló con la enfermera para comprobar que tenía el número de su móvil, pero luego, en lugar de ir a ver a su padre, salió a la calle.

Había hecho tantos planes para esa noche, pero Merida tenía razón. Aún no estaban preparados para el bebé.

Miró el cielo gris, helado, y los copos de nieve, pensando que a su padre se le acababa el tiempo. Era medianoche y, sin duda, estaría dopado por los medicamentos o durmiendo, pero Merida tenía razón. Aquella podría ser su última noche, de modo que le envió un mensaje de texto.

Merida ha ingresado en el hospital, pero no se espera nada hasta mañana.

Buenas noticias. ¿Cómo está?

Que su padre, dopado por los medicamentos, pudiese mandar un mensaje de texto lo dejó asombrado.

Dormida. ¿Quieres que te haga compañía?

Envió el mensaje y contuvo el aliento mientras esperaba la respuesta.

Suena bien.

Ethan entró en la habitación de su padre esperando encontrarlo medio dormido, pero Jobe estaba sentado en la cama.

–¿Cómo está? –le preguntó.

–Al parecer, aún es pronto. Está dormida, le han dicho que debía descansar –respondió él, sentándose en la cama.

–¿Su amiga llega mañana?

–Naomi, sí –asintió Ethan–. El chófer irá a buscarla al aeropuerto. Yo tengo que estar aquí a las seis para el gran evento.

—Claro —asintió Jobe, esbozando una sonrisa.

—¿Tú estabas en el hospital cuando nacimos Abe y yo?

—Sí, claro, pero no estuve a vuestro lado después y lo lamento.

—Te encanta el trabajo.

—Me encanta el trabajo, pero no es el tiempo que pasé en la oficina lo que lamento.

—¿Qué es lo que lamentas entonces?

Jobe no respondió, de modo que Ethan lo hizo por él.

—Sé que las cosas debieron ser difíciles con mamá —empezó a decir, mirando los apagados ojos de su padre y deseando tener más tiempo—. No te culpo por lo que pasó. Te culpaba cuando era más joven porque echaba de menos a Meghan y siempre pensé que todo había sido culpa tuya...

—No hubo ninguna aventura.

El mundo pareció detenerse de repente.

—¿Qué?

—Meghan me dijo que no podía aguantar más, que tenía que irse.

—¿Por qué?

—Por cómo os trataba vuestra madre.

El mundo había dejado de dar vueltas.

—Os dejó en el sofá una vez, boca abajo. Dejó a Abe solo en la bañera, a ti en el coche... Meghan no podía soportarlo más.

Ethan miró a su padre recordando el día que Meghan tiraba de él por la escalera para meterlo en la ducha.

Y entonces supo que había estado a punto de morir.

—¿Por qué dejaste que todo el mundo te creyese culpable?

–Había llegado a ese acuerdo con tu madre, pero luego ocurrió el accidente y fue más fácil haceros pensar que Elizabeth era perfecta.

–Pero no lo era.

–No.

Para Elizabeth Devereux sus hijos no eran más que juguetes, señuelos a los que sacaba cuando llegaban las cámaras y que eran ignorados en cuanto estaban solos.

Pero era una narcisista y le encantaba su papel como esposa de Jobe Devereux, de modo que cualquier amenaza era rápidamente eliminada.

Como Meghan.

Había hecho que todo el mundo pensara que la niñera era una buscavidas y cuando Jobe le pidió el divorcio y amenazó con contar la verdad sobre cómo trataba a sus hijos, sencillamente se había ido al Caribe sin pensar en el caos que dejaba atrás.

Ethan había perdido dos madres en un mes, su madre biológica y la mujer que de verdad lo quería.

–Le dije a Merida que me llevaría esto a la tumba conmigo...

–¿Merida lo sabe?

–Claro que sí.

–¿Y por qué nunca me lo habías contado?

–Porque no quería hacerte daño. Yo te quiero mucho, hijo.

Ethan tuvo que tragar saliva para disimular la emoción.

–Yo también te quiero.

–Bueno, ahora vete con tu mujer.

Quería estar con Merida, pero también quería estar allí y Jobe debió ver la indecisión en sus ojos.

–Yo no pienso irme a ningún sitio todavía.

–¿Estás seguro?

–Claro que sí. Quiero saber si tengo un nieto o una nieta.

–¿Tú sabes si es niño o niña?

–No –respondió Jobe.

–Mentiroso.

–No, en serio, no lo sé –su padre señaló un cajón de la mesilla–. Ábrelo.

Ethan lo hizo y sacó un sobre.

–El ginecólogo de Merida lo ha dejado escrito ahí, por si acaso.

Ethan tuvo que contener las lágrimas. El mundo había vuelto a girar y, sin embargo, todo parecía diferente. Y el tiempo era precioso y vital.

–Mi matrimonio con Merida no es una farsa, papá, quiero que lo sepas. Yo estoy enamorado de ella.

–Lo sé. Lo supe el día que la conocí.

–¿Cómo?

–La llevaste al puente de Brooklyn, tu sitio favorito, y te encargaste de cuidar de ella en el contrato –Jobe esbozó una sonrisa–. Muchas razones, pero sobre todo porque te casaste con ella.

–Quiero cuidar de ella y del niño.

–Lo sé. No eres tú quien me preocupa sino Abe.

–Abe está bien.

–No –Jobe negó con la cabeza–. Yo no viviré para verlo, lo sé, pero prométeme que cuidarás de él.

–Dudo que él lo agradeciese –dijo Ethan–. Pero te lo prometo, cuidaré de él.

–¿Merida sabe que la quieres?

–Cuando llegue el bebé...

–No, díselo ahora.

–Ahora tiene que dormir, papá.

–¿Por qué querría dormir sintiéndose sola cuando

podría descubrir que la quieres? Me alegro mucho de haber hablado contigo, pero ve a hablar con ella –Jobe señaló la puerta–. Venga, vete, necesito dormir. Tengo que conocer a mi nieto.

Merida se incorporó cuando Ethan entró en la habitación. Había estado llorando.

Siempre había pensado que había poco color en la paleta del artista cuando creó aquella obra maestra, pero esa noche tenía los ojos enrojecidos. Siendo un hombre tan reservado, no querría que comentase nada, de modo que no lo hizo.

–¿Cómo está tu padre? –le preguntó, temiendo que Jobe muriese el día que iba a nacer su hijo.

–Aguantando –respondió Ethan–. Te envía sus mejores deseos.

–Qué bien.

–¿Cómo va todo? –Ethan miraba hacia la ventana en lugar de mirarla a ella porque estaba intentando reunir valor para decir lo que tenía que decir.

–El médico vendrá a las seis.

Ethan metió una mano en el bolsillo del abrigo y sacó una bolsita negra que dejó sobre la cama.

–Iba a darte esto... –iba decir cuando hubiera nacido el bebé. O tal vez debería mentir y decir que iba a dárselo la noche anterior, pero la verdad era que no sabía cuál era el mejor momento para admitir que la amaba–. Lo llevo conmigo desde hace algún tiempo.

Ella abrió la bolsita y sacó una piedra en forma de huevo de un tono dorado con estrías rojizas.

–Ethan...

–He hecho que Khalid lo buscase para mí. Y tardó algún tiempo en encontrarlo porque el ámbar es raro en Al-Zahan.

Merida tragó saliva. Era magnífico, precioso. Tenía estrías doradas y rojas y algo que parecía una libélula en su interior.

–Es del color de tu pelo. Uno de mis colores favoritos.

«Su amuleto».

–Yo sabía que no necesitaríamos ayuda con la parte de la fertilidad, pero... –Ethan vaciló, pensando que tal vez no necesitaban ayuda con nada–. Sé que te quiero, Merida.

–Por favor, no digas eso si no lo sientes.

–Pero es lo que siento. De hecho, yo no quería amarte.

–¿Por qué no?

–Porque entonces te marcharías –admitió él por fin, reconociendo un miedo que lo había perseguido desde niño–. Pero te quiero desde hace tiempo.

–¿Desde cuándo sabes que me quieres?

–Desde la mañana que te dejé en el café.

Ella lo miró fijamente. La desesperación que había sentido por todo lo que había pasado desapareció de repente al saber que Ethan la quería.

–Y lo supe con certeza la noche del estreno, cuando se levantó el telón y tú no estabas en el escenario.

–¿Y por qué no me lo dijiste?

–Era más fácil creer que eras una buscavidas. Y durante un tiempo tú hiciste muy bien ese papel –dijo él, mirándola a los ojos–. Volverás a trabajar cuando quieras porque eres una actriz estupenda.

–¿Me culpas por fingir que te odiaba?

–No.

–Pero no dejabas de hablar del final de nuestro matrimonio.

–Porque creía que sería así.

Sencillamente, había creído que un día despertaría y ella se habría ido. Como su madre, como Meghan.

–Soy como mi padre. Antes, eso me daba pánico, pero hoy me siento muy orgulloso de él. Sé cuál es la razón por la que rompió con Chantelle porque yo hubiera hecho lo mismo. No querría hacerte sufrir cuando todo...

–Pero yo quiero estar ahí –lo interrumpió Merida–. Lo quiero todo de ti, Ethan.

Todo, lo bueno y lo malo, y los preciosos momentos entre medias. Sería capaz de soportarlo todo estando a su lado.

Merida apretó el amuleto mientras el ginecólogo la examinaba y, por fin, le dijo que había llegado la hora. Estaba preparada, más que preparada para que su hijo llegase al mundo.

No fue fácil, pero Ethan le dio energía. Y aunque podría haberlo hecho sola, Merida no tenía que hacerlo. Y tampoco tenía que ser valiente o fuerte. Sentía como si lo fuera mientras su hijo se abría camino para llegar al mundo.

Fue muy duro, pero la recompensa estaba a punto de llegar.

–Pelo negro –dijo Ethan–. Es un Devereux.

–Y duele como si lo fuera –dijo Merida, entre dientes.

Ethan clavó en ella sus preciosos ojos, negros como la noche.

–Vamos, cariño –la animó.

Merida tomó aire, reuniendo fuerzas para empujar, para conocer a su hijo por fin.

–Una vez más –la animó Ethan.

Y entonces conocieron al resultado de su amor.

Indignada, moviendo los bracitos como protestando por el ruidoso mundo exterior.

Ethan miró a Merida sosteniéndola entre sus brazos como si no quisiera soltarla nunca.

No recordaba esos días en los que su madre lo había descartado, pero sabía en su corazón que ese era un dolor que su hija no conocería nunca.

Y luego, nervioso, la tomó en brazos.

Llevaba un gorrito banco y lo miraba con unos ojos enormes. Ethan estaba loco con su niña.

—Para ser fruto de un encuentro fortuito, yo diría que lo hemos hecho muy bien —bromeó.

—No fue un simple encuentro fortuito — razonó Merida—. Resulta que me acosté contigo en nuestra primera cita.

Había sido una cita, pensó Ethan mientras se besaban, con la niña entre los dos. La primera cita. Y no sería la última.

—Voy a pasar el resto de mi vida intentando compensarte por el tiempo perdido.

—Ha sido un infierno —asintió Merida—. Pero, de todas formas, volvería a hacerlo todo otra vez.

—Y yo también.

Después de todo, ella había despertado su corazón.

Epílogo

MI PADRE quiere venir a verla.

—No seas tonto —dijo Merida, sentada en la cama—. Iremos nosotros a presentársela.

—Se lo he dicho, pero él insiste en venir. Quiere hacer fotos.

—Ah, claro.

—No, quiere fotos familiares, no una sesión con fotógrafos.

Merida se recostó sobre la almohada, dejando escapar un suspiro de felicidad.

Ethan le había contado lo horribles que eran esas sesiones de fotos, viéndose obligado a sonreír cuando tenía el corazón roto.

Y luego le había jurado que su hija nunca tendría que pasar por eso.

—Oye...

—Lo sé, nada de fotos —se apresuró a decir Ethan.

Merida sabía que estaba haciendo lo imposible por ser un buen padre y un buen marido. Que, aunque su corazón estaba lleno de amor por su hija y roto de dolor por el padre que estaba a punto de morir, quería hacerla feliz a toda costa.

—Claro que puede hacerse fotos con Ava. Y si quiere una foto con toda la familia, por mí encantada. Llamaré a alguien para que me arregle el pelo...

—Puedo hacerlo yo.

Naomi acababa de llegar del aeropuerto y estaba encantada con la niña de la que iba a cuidar durante unos meses.

–No hay necesidad de todo eso –los interrumpió una voz masculina.

Jobe Devereux estaba entrando en la habitación en su silla de ruedas. No llevaba el goteo ni la botella de oxígeno y Merida imaginaba el esfuerzo que estaba haciendo.

Aquella era su nueva familia.

–¿Cuándo voy a conocerla? –preguntó el padre de Ethan.

–Ahora mismo –respondió ella con una sonrisa.

Ava estaba allí, en su cuna, tan calladita que Jobe no la había visto. Ethan la sacó de la cuna y la niña movió los bracitos mientras lanzaba un grito de protesta.

Pero él la arropó con la mantita y era tan tierno con ella que los ojos de Merida se llenaron de lágrimas.

–Te presento a Ava –le dijo, poniendo a la niña en brazos de su padre.

Merida dejó de disimular su emoción cuando tres generaciones se encontraron. Cuánto le gustaría hacer fotos, cientos de ellas, para capturar ese momento. Para recordar la expresión tierna de Ethan mientras Jobe abrazaba a la niña, mirándola con gesto orgulloso.

–Esos ojos azules se habrán vuelto negros en Año Nuevo –dijo Jobe, sin dejar de mirar a su nieta–. Los de Abe tardaron cuatro semanas y los de Ethan tres...

Jobe les contó más detalles importantes, detalles que solo sabría alguien que quería a sus hijos de verdad.

–Me marcho –se despidió Naomi cuando llegó el chófer, besando a Merida en la mejilla.

–Gracias por venir –dijo ella–. Tu habitación ya está preparada...

–No te preocupes por mí. Voy a dormir unas horas y estaré lista cuando Ava llegue a casa.

Fue una tarde maravillosa, agotadora y extraordinaria.

Abe fue a ver a su sobrina, sin Candice. Aunque no se quedó mucho rato.

Y cuando el día terminó, cuando Ava estaba comida y cambiada, Ethan envolvió a su hija en un chal blanco y la dejó con mucho cuidado en la cuna.

–Estoy deseando llevaros a casa –murmuró mientras acariciaba su cabecita para ayudarla a dormir.

Se alojarían en casa de Jobe por el momento, pero eso ya no lo intimidaba. Estaban creando nuevos recuerdos y nuevas fotografías colgarían pronto en las paredes.

–¿Te acuerdas de esto? –le dijo, mostrándole el móvil–. Vamos a enmarcarla y colgarla en la pared.

Era una preciosa fotografía de la novia y el novio besándose en el puente de Brooklyn.

–El día de nuestra boda –murmuró Merida, esbozando una sonrisa.

–Te quería entonces y te quiero ahora –dijo Ethan–. Siempre te querré.

Porque habían encontrado su amor.

EL SULTÁN Y LA PLEBEYA

Maya Blake

El recién coronado sultán Zaid Al-Ameen estaba decidido a acabar con la corrupción en su país. Desafortunadamente para Esme Scott, eso significaba detener a su padre por estafador, y obligarla a ella a alcanzar un acuerdo con quien lo mantenía prisionero.

Zaid vio en Esme una oportunidad de oro como trabajadora social. Su país necesitaba reformas sociales en las que ella era experta. Pero trabajar a su lado despertó en él un anhelo insaciable y, tras un tórrido encuentro, descubrieron que Esme estaba embarazada.

La poderosa sensualidad que Zaid avivaba en Esme la dejaba sin capacidad de resistencia. Jamás hubiera imaginado que llegaría a convertirse en la esposa de un sultán… hasta que las diestras caricias de Zaid la persuadieron de ello.

Acepte 2 de nuestras mejores novelas de amor GRATIS

¡Y reciba un regalo sorpresa!

Oferta especial de tiempo limitado

Rellene el cupón y envíelo a
Harlequin Reader Service®
3010 Walden Ave.
P.O. Box 1867
Buffalo, N.Y. 14240-1867

¡Si! Por favor, envíenme 2 novelas de amor de Harlequin (1 Bianca® y 1 Deseo®) gratis, más el regalo sorpresa. Luego remítanme 4 novelas nuevas todos los meses, las cuales recibiré mucho antes de que aparezcan en librerías, y factúrenme al bajo precio de $3,24 cada una, más $0,25 por envío e impuesto de ventas, si corresponde*. Este es el precio total, y es un ahorro de casi el 20% sobre el precio de portada. !Una oferta excelente! Entiendo que el hecho de aceptar estos libros y el regalo no me obliga en forma alguna a la compra de libros adicionales. Y también que puedo devolver cualquier envío y cancelar en cualquier momento. Aún si decido no comprar ningún otro libro de Harlequin, los 2 libros gratis y el regalo sorpresa son míos para siempre.

416 LBN DU7N

Nombre y apellido	(Por favor, letra de molde)

Dirección	Apartamento No.

Ciudad	Estado	Zona postal

Esta oferta se limita a un pedido por hogar y no está disponible para los subscriptores actuales de Deseo® y Bianca®.
*Los términos y precios quedan sujetos a cambios sin aviso previo.
Impuestos de ventas aplican en N.Y.

SPN-03   ©2003 Harlequin Enterprises Limited

DESEO

¿Recogería los frutos de la venganza con aquel hombre irresistible?

Venganza y placer

CAT SCHIELD

Zoe Alston, que se tambaleaba por un divorcio atroz, hizo un pacto con otras dos mujeres igual de vapuleadas. Su misión era hundir al impresionante empresario Ryan Dailey y para conseguirlo tenía que sabotear la campaña política de su hermana. El inconveniente era la pasión abrasadora que brotaba entre ellos. Estaba atrapada entre la promesa que había hecho y el hombre que la había devuelto a la vida. ¿Hasta dónde sería capaz de llegar por la venganza... o por el amor?

Bianca

**Max era el número uno:
en los negocios y en el amor.**

EXPERTO EN SEDUCCIÓN

Emma Darcy

Antes de que el escándalo salpicara a la estrella de su serie de televisión, el millonario Maximilian Hart apartó a la bella e inocente Chloe de los periodistas sensacionalistas. ¿Y qué mejor escondite que su mansión?

Pero el plan del apuesto magnate no se limitaba a proteger su inversión… ¡la quería en su cama!

Él la había apartado del peligro, pero Chloe se vio sumida en otro aún mayor: Max era el mejor, tanto en los negocios como en la seducción.